L'HORLOGE BIO

Du même auteur :

La Vie crumble, Lattès, 2000.

www.editions-jclattes.fr

Valérie McGarry

L'HORLOGE BIO

Roman

JC Lattès

A Constance et Camille,
à la petite Caroline,
carpe diem.

« Avant ta naissance
Avant ton père
Avant ta mère
Tes balbutiements étaient déjà là. »

KO UN, *poèmes zen.*

Certains jours, j'aimerais être une souris. Ou une mouche. Ou une abeille. Ou n'importe quel petit animal capable de se glisser en douce dans l'intimité des autres et d'observer sans être vu. Ce matin, par exemple, à cause de ma grande enveloppe charnelle un peu rebondie, j'ai encore raté quelque chose. Ma copine Léa a disjoncté. Et je n'étais pas là pour assister au feu d'artifice.

Bien sûr, je la connais suffisamment, ma Léa, pour imaginer la scène. Sans trop me tromper, même. Elle a dû arriver au studio de la rue de Boulainvilliers un peu avant le déjeuner, comme d'habitude. Boire machinalement un café amer en regardant d'un air absent le plateau préparé par les assistants pour le shoot de l'après-midi. Une série de photos de mode ou une publicité...

— C'est beau, hein ?

Le décorateur s'approche de Léa, lui effleure le bras. Il sent le tabac et le café. De sa main libre, il désigne un soleil orange retenu par des fils qui l'empêchent de tomber complètement dans ce qui semble représenter une mer violette. Le spi vert d'un voilier, le *Woody Woodpecker*. Un ciel rose. Une brise légère. L'odeur du mimosa...

9

— Dis, Léa... Tu ne trouves pas qu'il est magnifique, notre coucher de soleil ?

Léa lève les yeux vers le type. Dégage son bras avec un semblant d'humeur.

— Non.

— Quoi, non ?

Il fronce les sourcils par-dessus ses lunettes sans montures. Ou presque.

— Non, il n'est pas magnifique. Il est toc.

— Quoi, toc ?

— Toc. Faux. Bidon. Moche, quoi...

— Quoi, moche ?

— Moche comme moche. Pas beau, vilain, inadéquat...

L'homme a l'air songeur. Il se passe un crayon derrière l'oreille avant de capituler.

— Bon, ça va, j'ai compris. T'es pas obligée d'être agressive !

— Je ne suis pas agressive. J'aime pas tes couleurs, c'est tout !

Une accalmie. On pourrait croire que c'est fini. Mais non. Le type entreprend de faire les cent pas en levant les bras en l'air.

— Mais enfin, c'est toi qui les as voulues, ces couleurs ! Tu te souviens du brief, tu nous as dit « Je veux du Andy : je veux que ça flashe comme chez Warhol. » C'est ce que tu as dit, non ?

— Oui. Mais justement, là, ça flashe pas du tout. C'est tout mou. Il débande, ton paysage.

Oui. Léa est assez magrittienne pour tenter ce genre de métaphore.

— Quoi, il...

— Et puis arrête de dire tout le temps quoi. On dirait une grenouille.

10

— Léa...

— Non mais regarde-moi ça. Du faux vent, une bougie parfumée qui pue le mimosa de synthèse, une cassette pour faire le bruit des vagues, un soleil en carton pâte...

— Léa...

— Et cette vanne débile avec le spi vert... Vous êtes contents de vous ?

— Merde, Léa ! Ça fait huit jours qu'on se crève la paillasse pour trouver tes pantones... T'as tes ragnagnas ou quoi ?

— Arrête de dire QUOI, Joël. Ça me saoule ! Allez, bouffe ta salade de maïs transgénique. Et prends la mienne aussi. Je te la donne. Moi, je vais m'aérer...

Elle s'empare de son manteau noir et de son sac de pêcheur. Tout le monde la regarde quitter le studio avec ahurissement.

— Et c'est pas la peine de me regarder comme ça ! Vous êtes tous bidons ! Y a que les pellicules sur vos épaules qui sont vraies. Pour des photographes, c'est le comble... Bon, ciao, je vous écrirai...

Elle ouvre la porte, semble hésiter, et se retourne vers Joël :

— Dis-moi un truc, Joël. Ton nom, il prend un l ou deux ? Je me suis toujours demandée si t'étais un garçon ou une fille ?

— QUOI ? ? ?

Un sourire en coin, un grand coup de pied dans la porte, et plus de Léa. Juste un vague souvenir de son parfum « Humeur de dogue ». A croire que la scène avait été préméditée dès le matin. Et dire que j'ai raté ça !

Quand elle m'a appelée, j'étais dans mon bain. En train de tremper dans une décoction de lavande et de romarin. Il paraît que ça chasse le stress... En sortant un peu précipitamment de la baignoire pour me ruer sur le téléphone, je me suis explosé le gros orteil sur le coin de la balance. Déjà que je ne l'aime pas, celle-là... Il faudra que je pense à m'en débarrasser.

— Marianne ! C'est Léa ! Tu sais pas ce que j'ai fait aujourd'hui ?

— Non...

— J'ai pété les plombs !

Depuis que je la connais, c'est-à-dire depuis la maternelle, Léa a dû péter les plombs comme elle dit une bonne vingtaine de fois. Et elle m'appelle toujours pour me l'annoncer comme si c'était un scoop. Alors...

— Mais je te jure ! Cette fois, c'est du sérieux ! J'ai laissé toute l'équipe en plan sur le shoot pour Pernard, tu sais, l'espèce d'anisette, et j'ai filé ma dém' à l'agence...

— Tu as QUOI ?

— Ah, non ! Tu ne vas pas t'y mettre toi aussi ! Je viens de me friter avec le styliste du studio parce qu'il disait toujours QUOI...

— OK. Mais sérieux, Léa, tu n'as quand même pas fait tout ce que tu dis ?

— Bien sûr que si ! Et c'est pas fini ! J'ai dénoncé le bail de l'appart' et j'ai pris un billet de TGV...

— Oui, bon, ça, encore... Il était moche, ton appart.

— Je me tire dans le Sud-Ouest. Je vais vivre avec Peïo !

Non d'une chicha, le voilà le scoop. S'installer avec Peïo, son copain d'enfance, dans son bled en pleins champs... Peïo le Pottock...

— LE Peïo ? Peïo le Pottock ?

— Ben oui. Tu sais, lui et moi, ça a toujours été un peu tendre...

— Ça, je sais bien. Mais de là à tout plaquer pour lui... Tu te vois vivre à la campagne ?

— Oui, justement. J'en peux plus de la ville. Ça pue, les gens sont de plus en plus speed, quand je marche dans la rue j'ai envie de shooter dans les pigeons... Et de faire des croche-pieds aux petits vieux.

— Mais tes amis... Les dîners...

— Mes amis, tu parles ! On fait tous le même boulot, on ne parle que pub, photo, spots, annonceurs... Je n'ai que deux vraies amies : toi et Alix.

Aïe ! Elle ne va pas bien, Léa. C'est la première fois qu'elle est aussi mélo. En plus, elle a une drôle de voix...

— Tu as une drôle de voix, Léa. Tu pleures ?

— Non. Pas du tout. Tu sais bien que je ne pleure jamais.

Bien sûr. Léa ne pleure jamais. Depuis toute petite, son père lui a appris à retenir ses larmes. Quitte à avoir une grosse pomme d'Adam qui lui pousse dans la gorge et des yeux de poisson rouge prêts à surgir de leur globe. C'est peut-être pour ça qu'elle s'est trompée d'aiguillage ?

— Tu sais ce qui m'a fait perdre les pédales ? C'est

en voyant le coucher de soleil complètement nase qu'ils avaient fabriqué au studio. Je me suis aperçue que toute ma vie n'était faite que de ça. De faux. Ça fait au moins un an que je n'ai pas pris le temps de regarder un vrai crépuscule. Et, tiens, quand je vois une fleur, je ne peux pas m'empêcher de penser qu'on pourrait lui retoucher le cœur...

— Dis-donc, Léa... tu connais le Prozac ?

— J'en ai plein mon armoire à pharmacie. Mais c'est pas une solution. Non, je bazarde tout et je mets les bouts !

Décidée. Pas la peine d'essayer de lui faire changer d'idée.

— Bon, eh bien... bonne chance, ma douce. Appelle-moi quand tu arrives et garde-moi une chambre. Je viendrai te voir. Si c'est ton nouveau choix de vie...

— Merci, Marianne ! Je savais bien que toi, tu me comprendrais !

En fait, non. Je ne la comprends pas, Léa. Mon cerveau n'a pas été éduqué pour envisager qu'une femme puisse sacrifier sa carrière, sa vie sociale et son indépendance financière pour un homme. Nous sommes une génération de filles dressées pour réussir. Elevées par nos mères dans l'optique d'égaler sinon de dépasser nos congénères masculins. Pour *venger* notre sexe de cinq mille ans d'oppression... Parce que c'est bien de vengeance qu'il s'agit. Les femmes combattent les hommes pour ce qu'ils ont été en général sans se soucier de ce qu'ils sont en particulier. Aujourd'hui, l'homme est moralement un ennemi et physiquement un jouet. Ou un luxe. Alors tout plaquer pour aller se jeter dans la gueule du loup...

— Je ne suis pas certaine de te comprendre. Tu avais tout... Mais je respecte ta décision. Tu as beaucoup de courage. Allez, à plus ! Et fais attention à toi. Ça va me faire tout drôle. J'avais pris l'habitude de t'avoir dans les parages...

15

Allons, allons, qu'est-ce que c'est que cette humidité vicieuse qui s'insinue sous mes paupières ? Je suis une grande fille. Je suis une grande avocate. C'est moi, Marianne, la spécialiste du droit matrimonial, la terreur des maris. « La suceuse », comme ils disent. Et je peux vous assurer que dans le contexte ce n'est pas un compliment. Je suis...

— Oh, Marianne. Je pars pas loin, tu sais. Quatre heures de TGV... C'est rien. Et puis on a Internet. Allez, te fais pas de bile. On se voit bientôt...

— OK. Bon, tcho...

— Tcho... Hé, Marianne ?

— Oui ?

— Sois sage !

Et voilà. Je suis comme une conne, à poil dans mon salon avec un orteil en sang, en train de pleurer parce qu'une de mes meilleures copines va refaire sa vie ailleurs. J'ai beau me dire que ce n'est pas grave, qu'on se reverra, que ça fera des prétextes pour passer des petits week-ends à la campagne, rien à faire. De grosses larmes rondes et salées roulent le long de mes joues. C'est pire que si un homme m'avait plaquée.

Je me sers un Paddy on the rocks en composant le numéro d'Alix. Elle a intérêt à être chez elle. Sinon, je ne réponds pas du sort de mon téléphone.

— Oui ?

Chance ! Elle *est* chez elle. Mais elle a une voix très ensommeillée.

— C'est Marianne. Je te réveille ?

— Ouais... Il est quelle heure ? Je suis rentrée d'un Tokyo cet après-midi et je me suis couchée direct. Je suis crevée...

Alix est captain sur 747. On ne peut jamais savoir

quand elle est là, ni quand elle dort. C'est une fille fabuleuse, elle vit à rebrousse-poil et elle adore ça.

— Il est neuf heures...

— Du soir ou du matin ?

— Du soir.

— Ah ! Et ça fait quoi en zoulou ?

La voilà qui commence avec son zoulou ! C'est devenu un gag entre nous. Elle m'a expliqué un jour que dans son métier on appelait zouloue l'heure de référence universelle, mesurée a Greenwich en Angleterre, un temps 0 en quelque sorte. Je décide de la faire marcher.

— Je ne parle pas zoulou. Français, anglais, espagnol, Code civil mais pas zoulou.

— Mais non, pauvre pomme ! Pas zoulou black ! Zoulou avion. GMT, si tu préfères... Je te l'ai expliqué vingt fois !

Plus que ça. J'y ai droit à peu près à chaque retour de courrier – il faut dire que je la cherche ! D'ailleurs...

— Je ne parle pas GMT non plus !

J'entends une sorte de bâillement. Exaspéré.

— T'enlèves deux heures...

— Alors ça fait sept heures... euh... du soir... dix-neuf heures. Pauvre pomme !

Rire. Elle a enfin compris que je me moquais d'elle.

— C'est malin, va ! Si c'est pour te foutre de moi que tu m'appelles aux aurores...

Sept heures du soir, les aurores... Même en zoulou, c'est tout à fait raisonnable. Oui mais au Japon, il est... tôt ! Décalage horaire. Jetlag. Un peu technique tout ça. Pas étonnant que les montres des pilotes ressemblent à des compositions d'Arman.

— Alix. Léa se barre.

— Hein ? Où ?

— A la campagne. Elle plaque tout et elle s'installe chez Peïo.

— Peïo le Pottock ? L'éleveur de chevaux ?

— Lui-même !

Elle est réveillée, là. D'un coup. Douche froide.

— Mais elle va s'emmerder comme un rat mort !

— C'est ce que je pense.

— Et tu le lui as dit ?

— Evidemment. Tu me connais.

Evidemment ? Pas si sûr. Je ne me souviens pas de le lui avoir dit explicitement. De l'avoir formulé avec des mots. Mais je l'ai pensé si fort qu'elle a dû m'entendre.

— Et elle n'a pas écouté, comme d'habitude !

— Non...

— Elle a du Prozac, au moins ?

— Oui, mais elle ne veut plus en prendre !

Silence. Suivi du fracas d'un tiroir qu'on renverse et d'un juron étouffé. Puis un léger frottement, assez doux, un bruit de souris... Alix doit être en train de circoncire un crayon à petits coups de dents. Ça l'aide à réfléchir.

— Bon. Il reste une seule chose à faire...

— Quoi ?

— On va la voir. Ensemble ou séparément, on se débrouille pour y aller au moins une fois tous les deux mois. Voir comment ça se passe. On ne peut pas la laisser tomber, la pauvre... Et pourquoi elle a décidé de partir ?

— Parce qu'elle avait de plus en plus envie de shooter dans les pigeons et de renverser les petits vieux. Dont acte.

— Remarque... OK, on fait comme ça. Je t'appelle demain pour voir comment on s'organise. Allez, tcho !

— Tcho !

Rassérénée par l'esprit pratique d'Alix, je me ressers un fond de Paddy. J'ai un faible pour ce whisky irlandais. Il est plus doux que les écossais et plus parfumé. Jean-Phil dit que c'est une boisson de « gonzesse ». N'empêche, je

18

ne connais pas beaucoup de gonzesses capables de s'envoyer deux verres derrière la cravate sans ressentir le moindre brouillard. J'allume mon PC et m'attaque au dossier que j'ai apporté à la maison. Une sale affaire de divorce, avec constat d'adultère par huissier à six heures du matin, non-présentation d'enfant, lettres anonymes. Comme souvent, je défends la femme. Dommage pour le mec : ce soir, ça va être sa fête ! Tout ça à cause du Grand Pétage de Plombs de Léa.

Jean-Phil est venu gratter à ma porte à minuit. Il sortait d'un dîner avec des copains, il avait bu trop de bière et ne retrouvait plus ses clefs. Nous avons fait l'amour comme des lapins sur la moquette du salon, et je l'ai invité à finir la nuit sous ma couette. C'est pas mal, un grand bonhomme affectueux pour se remettre les idées en place... Surtout quand il ressemble à Peter Coyote dans *Un homme amoureux*. J'avais adoré le film...

Quelques jours plus tard, nous scellons notre pacte. Alix, Léa et moi. Juste avant le départ du train de Léa, 14 h 27 et pas une minute de plus gare Montparnasse, nous nous retrouvons toutes les trois dans un café à Saint-Germain. Pour informer Léa de notre projet d'envahissement bimestriel. Et puis aussi pour se faire un dernier petit bisou.

Il fait un froid de baleine et des trombes de pluie visqueuse dégoulinent le long des vitres. Léa porte un grand manteau noir et un pash bleu lavande. Enveloppée dans un blouson d'aviateur en vieux cuir marron fourré d'une peau de mouton, Alix, bien qu'échevelée, fait une entrée remarquée. Lorsque, pour se réchauffer, elle se frotte les cuisses à travers son jean trempé, les mâles présents dans la salle ne la quittent plus des yeux. Certains ouvrent la bouche sans s'en rendre compte, d'autres arrêtent de parler ou se dévissent la tête pour mieux voir. Les petits sournois assis en face des miroirs font mine de se refaire une coiffure par-dessus l'épaule de leur compagne. C'est fou ce que les hommes sont transparents. Et prévisibles. Je pose mon imper, mon sac et mon ordinateur sur un coin de banquette, tire sur ma veste pour cacher mes fesses et sur ma jupe pour la défroisser un peu. Mon collant est filé. Encore un de foutu. Je prends une chaise et m'installe entre les filles. Alix renifle d'un air dégoûté la main qu'elle vient de se passer dans les cheveux.

— Putain ! On sent le chien mouillé !

— Pas étonnant. Avec tout ce qu'on se prend sur la tronche ! La pluie, en ville, c'est une vraie cure d'intoxication...

— Oh, dis donc, Léa, tu ne vas pas commencer à jouer tes campagnardes. D'abord, tu n'y es pas encore et ce n'est pas dit que tu t'habitues. Parce que dans le genre fille du béton, toi, tu te poses là !

On nous apporte notre commande. « On » est un grand blond assez décoratif. Alix le dévisage – hmm ! – avec une telle gourmandise qu'il rougit. Il nous sert très vite et va rejoindre son acolyte derrière le bar. Ils chuchotent en regardant dans notre direction.

— Ouah ! T'as vu le mec ?

— Difficile de faire autrement. Il irradie !

— Un peu trop gravure de mode à mon goût...

— Ouais. Ben moi je vais vous dire un truc, les filles. Je ne dormirais pas dans la baignoire !

— C'est élégant. Allez, mange vite ta glace, sinon t'es tellement chaude qu'elle va fondre !

Alix glousse et s'attaque à son banana split. Glaces vanille et chocolat, sorbet fraise, morceaux de banane, cho-

colat chaud, amandes effilées et chantilly. Cent calories
par bouchée au bas mot. Mais elle, bien sûr, elle peut se
le permettre. Elle fait partie de ces personnes hautement
suspectes qui mangent tout ce qu'elles veulent sans
prendre un gramme. Contrairement à Léa et moi qui nous
débattons en permanence entre l'envie de sucreries et le
fantasme de minijupe. Bien qu'à notre âge... Léa sirote un
thé et je grignote une feuille de salade.

— Dis, Alix... Je peux goûter ?

Je plonge une cuiller à café dans la coupe. Léa me
regarde, pose sa tasse et brandit sa cuiller.

— Oh, et puis zut ! Moi aussi, tu me files un peu de
ta glace ?

Alix prend un air offusqué.

— Mais enfin les filles ! Et vos régimes ?

— Aux orties. Aujourd'hui, on se console.

Je commande trois verres de champagne. Le Chippendale nous les apporte en roulant des mécaniques. Il a repris
de l'assurance et mate longuement Alix en s'éloignant.

— Ben ma vieille, on dirait que tu as une touche !

— Peut-être...

Elle hausse les épaules et se retourne vers moi.

— Bon, alors, ce pacte...

Je lève mon verre.

— A Léa. Je te promets solennellement que je ne
laisserai pas passer huit semaines, quelle que soit la hau-
teur de la pile de dossiers sur mon bureau, sans venir au
moins un week-end chez toi.

Léa acquiesce d'un petit sourire, un peu prise au
dépourvu par le côté ampoulé de ma formulation.

Alix essuie ses moustaches de chantilly et brandit la
flûte à son tour.

— A Léa. Je te promets solennellement que je ne
laisserai pas passer huit semaines, quel que soit mon plan-

ning de rotation, sans venir au moins un week-end chez toi. Même si je n'ai plus de mélatonine pour supporter le jetlag.

Des taches rouges apparaissent sur les tempes de Léa et une veine se met à battre sur son front. C'est chez elle le signe d'une émotion intense.

— Et moi, Léa, je vous promets solennellement le gîte et le couvert, des fleurs coupées dans votre chambre et une bonne bouteille... euh... DES bonnes bouteilles à chaque fois que vous viendrez. Les filles, je vous prends au mot et je vous attends de pied ferme !

— UNE POUR TOUTES, TOUTES POUR UNE...

— A LA VIE, A LA MORT...

— A L'AMITIE ET AU BERET !

— Au béret ?

Elles me toisent comme si j'avais dit un truc vraiment énorme.

— Basque. Tu vas bien t'installer au Pays basque, non ?

Les filles éclatent de rire. Nous vidons nos verres d'un trait, les bulles nous sortent par les yeux.

— Bon, ben... faut que je file.

Léa prend son manteau et ses bagages.

— On t'accompagne ?

— Non, non... Je préfère pas. J'ai toujours détesté les adieux dans les gares. Et puis il pleut... Allez, tcho !

— Tcho !

Je l'embrasse sur les deux joues en la serrant un peu trop fort. J'ai la vue qui se brouille quand elle passe la porte. Pourtant, je me souviendrai toujours de sa silhouette noire de petite Parisienne tirant ses deux valises vers un monde meilleur.

De tous les endroits où je vis, celui que je préfère, c'est mon bureau. J'aime bien mon appartement, tout blanc avec vue sur jardin près de la place Saint-Georges, mais j'ai un vrai faible pour mon bureau. C'est là que je me sens le mieux, le plus dans mon élément. Protégée et invincible.

Quand je suis rentrée chez Symonds and Bros, célèbre cabinet new-yorkais qui implantait sa filiale en France, j'ai d'abord été installée dans l'open-space réservé aux juniors. Nous n'avions pas de bureau attitré mais un petit meuble à roulettes que nous transportions le matin au poste de travail qui nous était affecté pour la journée. Après quelques années et beaucoup d'efforts, j'ai eu droit à un bureau sur cour, que je partageais avec mon assistante. Et maintenant que je suis sur le point de devenir partner, c'est-à-dire associée dans leur jargon corporatiste, me voilà depuis un an dans cette grande pièce d'angle au parquet blond, où je passe le plus clair de mon temps. J'y ai pris mes marques et apporté les objets que j'aime : un cadre en argent avec la photo de Papa, une lampe 1920 en pâte de verre ayant appartenu à ma grand-mère, trois grandes gravures de Jouve représentant respectivement une panthère, un

23

aigle et un hibou, ma collection de Giono... Il y a toujours un bouquet de fleurs coupées sur la table basse devant le canapé et la pièce est imprégnée de mon odeur.

— Ça sent bon chez toi, dis donc !

Je lève la tête précipitamment, retire les lunettes que je mets pour lire – oui, déjà... – et arrache le crayon qui retient mon chignon. Les cheveux tombant en cascade, j'accueille Jean-Phil d'un énorme sourire.

— Mais comment es-tu entré ?

— Par la porte. J'ai croisé une espèce de bombe qui sortait... Beaux seins... Ah ! Elle m'a dit de te dire de fermer derrière toi. Tu es la dernière...

Barbara, la nouvelle recrue. A tous les coups, c'est elle que Jean-Phil a rencontrée. Dès qu'elle voit un beau mec, elle s'arrange pour lui bloquer le passage avec son 95 C. Il va falloir que je la briefe pour qu'elle reste en dehors de mes plates-bandes.

Huit heures. Je n'ai pas vu le temps passer. Ni la nuit tomber. Jean-Phil me tend ma veste.

— On y va ?

— Oui. Je sauvegarde tout ça... J'en ai pour une minute... Voilà. C'est bon.

Ses mains m'effleurent les seins quand il m'aide à enfiler mon manteau. J'ai envie de le prendre dans mes bras.

— C'est toi qui as les places ?

— Quelles places ?

— On va au théâtre, tu te rappelles ? Voir la nouvelle pièce de Neil Simon...

— Ah oui ! J'avais complètement oublié. Je pensais qu'on allait dîner et...

Il sourit en me regardant droit dans les yeux. Son sourire me fait craquer. Je regarde la cheminée.

— On ira dîner après. Qu'est-ce que tu dirais d'une douzaine d'huîtres avec une bonne bouteille de meursault ?

Sans attendre ma réponse, il s'empare de ma vache – c'est le petit nom de ma mallette, d'ailleurs je ferais bien d'en changer si je veux continuer à la transporter partout –, me suit pendant que j'éteins les lumières et la photocopieuse, s'impatiente un peu le temps que je mette l'alarme et ferme les trois serrures de la porte blindée.

— C'est Fort Knox, ici !

— Les clients aiment bien savoir tous leurs petits secrets en sécurité...

Sous le porche de l'immeuble, une rafale de vent mêlé de pluie.

— Oh dis donc ! Il fait un de ces froids ! Tu es garé loin ?

— Tu plaisantes ! On y va à pied ! C'est à cinq minutes... Je me suis garé devant le théâtre.

Serrés l'un contre l'autre, nous marchons d'un pas vigoureux, les doigts enlacés dans la poche de sa parka. Il sent le cuir, le feu de bois... Et à l'arrière-plan une note d'agrumes qui me dit quelque-chose...

— Qu'est-ce que tu portes comme parfum ?

— L'eau d'orange verte. Pourquoi ?

— Pour rien...

C'était l'odeur de Papa.

Un bruit lancinant. Encore une alarme de voiture. C'est l'enfer, à Paris, en ce moment. Je ramène un bout de couette sur mes oreilles. Il y a quelque chose qui coince. Je suis obligée de tirer. Jean-Phil grogne. Le bruit continue. De plus en plus fort. Ils ont dû inventer une alarme d'une nouvelle sorte. On dirait que c'est dans la chambre. Cette ville va me rendre folle.

J'ouvre les yeux. C'est le réveil. Il me nargue sur la table de nuit. En pleine vibration, prêt à bondir. Je tends la main pour l'arrêter. Il y a des vêtements éparpillés par terre. Mon sac. Un programme. La lampe de chevet éclaire faiblement le corps de Jean-Phil qui semble avoir quatre jambes. Deux blanches et deux poilues. C'est pour ça que je ne peux pas bouger. Son dos se soulève doucement au rythme de sa respiration. Je laisse errer ma main dans le creux de ses reins et à l'orée des fesses, là où la peau est encore douce. Mon doigt joue avec un poil, l'entortillant et le détortillant. Jean-Phil est loin de ces agaceries. Il est complètement endormi.

Je m'extirpe avec précaution des recoins de son corps. D'abord le sexe, que je dégage d'un mouvement de bassin. Puis les bras et les jambes, dont je défais les nœuds en rampant sur le dos vers le côté du lit. Jean-Phil grogne et se retourne en essayant de m'attraper la main. Je me mets sur un coude. Il enfouit sa tête dans l'oreiller. Je le regarde dormir. Perdu dans ses rêves, il est fragile et émouvant. Je ramasse la couette et le couvre pour qu'il n'ait pas froid. Je dois partir. Une douche rapide, je m'habille et je griffonne un cœur – un *cœur* ! – sur un post-it avec l'heure d'arrivée de mon TGV, dimanche soir. Et si je le ratais, ce train ? Non, j'ai promis à Léa. Quand je colle le mot sur l'oreiller, Jean-Phil m'effleure le bras et murmure un « bon week-end » tout ensommeillé. J'embrasse ses cheveux. Je lui dis qu'il va me manquer et je le pense. Pour la première fois. Au fond, je pourrais rester, non ? Non. Un pacte est un pacte. Avant de fermer la porte, je glisse dans ma poche un de ses mouchoirs parfumés à l'eau d'orange verte.

Il est sept heures du matin ce samedi de décembre. La ville est glaciale. Et en plus, il pleut.

Place 60. Non fumeur. L'accoudoir est cassé.

— Ça t'ennuie si je dors ?

Alix étale ses grandes jambes sur le fauteuil en face de moi et joue avec une mèche de cheveux. C'est signe qu'elle faiblit. Quand elle était petite, c'est toujours comme ça qu'elle s'endormait. Elle tripatouillait une mèche et elle tétait. A cinq ans, c'était mignon. A dix-huit, ça a commencé à faire bizarre. Maintenant, elle a pris l'habitude de sombrer avec le visage penché sur son épaule. On ne voit plus sa bouche. C'est déjà ça.

— Alors ? Tu m'en voudras beaucoup si...

— Non, non...

SI. J'ai envie de parler. De Jean-Phil et de la foule de sentiments confus et contradictoires que son existence provoque.

— Tant mieux parce que je rentre d'un Mexico direct et je suis claquée. J'ai même plus de mélatonine. Et puis le train, ça me file le bourdon !

— C'est parce que ce n'est pas toi qui conduis !

Elle ne m'a pas entendue. Elle s'est déjà envolée, Alix. Au pays des merveilles.

Jean-Phil est beau... Non, pas vraiment beau. Il a le nez trop long et les épaules qui tombent. Jean-Phil est magnétique. Ténébreux. Fascinant, attirant, intrigant, dangereux. Enveloppant. Jean-Phil est sombre. Ses yeux sont noirs, ses cheveux sont noirs, ses jeans sont noirs, ses cols roulés sont noirs. Son esprit est clair. Jean-Phil est brillant. Fort, fragile, tendre, inaccessible, généreux. Jean-Phil est une énigme. Je crois que je suis amoureuse. Non. Je *suis* amoureuse. Incroyable. Je pensais que ça n'arrivait qu'aux autres. Et cette lâcheuse d'Alix qui dort comme un bébé...

La maison de Léa est une vieille ferme basque du XVIIᵉ siècle, perdue au fond d'un vallon près du village de Sare. Pays des pottocks et des sorcières. La première fois que je l'ai vue, je l'ai trouvée un peu encaissée. Peïo m'a gentiment expliqué que c'était un réflexe de Parisienne de vouloir à tout prix de l'air et un « panorama ». C'est le terme qu'il a employé. Les gens du cru préfèrent des habitations protégées par les collines du froid et du vent. C'est déjà la montagne, même si on voit la mer. Et les saisons sont rudes.

Quand nous arrivons, un troupeau de juments galope avec leurs poulains en hennissant jusqu'à la lisière du pré, pour voir si nous n'avons pas un morceau de pain ou une carotte à leur donner. Nous entrons dans la maison par la cuisine, une grande pièce carrelée d'azulejos où Léa est en train de préparer le déjeuner. Poulet à l'ail et pommes sautées. Les ingrédients sont artistiquement disposés sur la table de ferme, les légumes enfermés dans un torchon assorti aux rayures jaunes et bleues de la toile cirée. Une vraie mise en scène pour photo de déco. Même la couverture du livre de cuisine est de la bonne couleur. Je reconnais bien là notre ancienne DA.

— Olà, les filles !

Elle nous accueille en espagnol. Depuis qu'elle vit près de la frontière, Léa s'est retrouvée de lointaines racines ibériques. Du moins, c'est ce qu'elle dit. Moi, je la soupçonne plutôt de prendre des cours accélérés par correspondance pour comprendre ce que se disent Peïo et ses copains quand ils admirent ouvertement ses fesses et ses seins – qu'elle a fort appétissants – en buvant de la manzana. Mais avec un peu de bienveillance, on pourrait presque la croire. C'est vrai qu'elle ressemble à une madone avec ses longs cheveux noirs et son visage d'un ovale parfait. Elle a la peau un peu claire, mais on peut lui donner le bénéfice du doute. Si ça lui fait plaisir.

— Vous êtes venues ! Je ne peux pas croire que vous soyez là !

— Essaye de nous embrasser ! Tu verras bien qu'on n'est pas des fantômes !

Elle éclate de rire et nous prend dans ses bras. Elle a changé de parfum. A Paris, elle mettait de la vanille. Là, on dirait de la feuille de figuier.

— Pastis ou vin blanc ?

Elle sort des verres, un pot d'eau fraîche et des olives.

— Il y a des olives dans le coin ?

— Au marché, oui. Celles-là viennent de Provence. Ça fait moins grossir que les tartines de rillettes.

— C'est vrai que t'as un peu pris...

Un ange passe, bourré de cellulite.

— Je voudrais bien t'y voir, toi, à cuisiner deux repas par jour à la graisse de canard ! Tu as vu le poulet, là ? Il est mort, il a l'air inoffensif. Eh bien attends que je lui fasse subir le traitement préconisé par la bonne Fernande Gradou dans son ouvrage consacré à la cuisine « authentique » du Sud-Ouest, et tu verras. De la dynamite, ça va devenir. De quoi faire exploser nos fesses, et nos jeans avec !

— T'as qu'à prendre la taille au-dessus !

— De quoi ? De poulet ?

— De jean ! Comme ça, tu ne te rendras pas compte que tu grossis...

— Ah non ! Moi, je maigris ou j'assume ! C'est pas comme d'autres qui changent les étiquettes de taille de leurs fringues pour faire croire qu'elles font toujours du trente-six !

Mais comment sait-elle, Léa, que je swape les étiquettes ? Et puis d'abord, ce n'est pas pour faire croire, c'est pour ne pas être de mauvais poil le matin. Salubrité publique. Et ce n'est pas du trente-six, c'est du quarante. Il faut rester crédible...

— Comment tu sais ?

— Hein ?

— Pour les étiquettes ?

Les deux filles se regardent. Elles gloussent comme des pensionnaires.

— On a essayé.

— Mes fringues ! Vous avez essayé mes fringues ! Mais quand ?

— Ouh ! Il y a longtemps... Tu peux rien nous cacher, ma vieille, tu vois ! Allez, on boit un coup à la santé des bourrelets et après on attaque le poulet. Sinon, rien ne sera prêt quand Peïo va rentrer.

Sauf qu'il ne rentre pas, Peïo. Il est deux heures, et il n'a toujours pas donné signe de vie. Léa regarde sa montre toutes les secondes, avale verre sur verre et nous invite tristement à passer à table. Elle a les joues rouges et une larme flirte avec sa paupière.

— C'est toujours comme ça !

— Quoi ?

— Peïo. Le matin, il me dit qu'il rentre déjeuner, je lui prépare des trucs, et voilà ! Vous allez voir, il va se pointer ce soir la bouche en cœur et me demander si j'ai passé une bonne journée. Et moi, tout ce que j'aurai fait, c'est cuisiner, manger, et l'attendre...

Alix me frôle le bras. Je sais très bien ce qu'elle pense. Léa s'ennuie, grossit, ressasse et culpabilise. C'était couru d'avance. On la connaît, notre Léa.

— Et en plus je ne dors plus !

— Comment ça, tu ne dors plus ?

— Non. Entre les cloches qui sonnent toutes les demi-heures et les coqs qui braillent jour et nuit, parce qu'ils sont en plein décalage horaire, ces connards...

— ... à cause des cloches...

Elle me jette un coup d'œil, percute et continue.

— Oui, peut-être... Ben avec toute cette pollution sonore qui n'a rien à voir avec l'idée qu'on peut se faire de la campagne, loin de là, moi, je ne peux pas fermer l'œil. Et c'est pas tout...

Aïe ! Ce n'est pas fini... Et dire qu'elle a tout laissé tomber pour ça...

— Les insectes ! Vous n'avez pas encore rencontré les insectes ! Ici, ils sont énormes. Les araignées ont des corps comme des soucoupes et de longues pattes velues, les scarabées font trois fois la taille de mon médaillon égyptien, les mouches, on dirait des avions... Et puis il y a les souris...

— Mais enfin, Léa, c'est normal qu'il y ait des bêtes. On est en pleine cambrousse, ici !

— Oui. Mais avant, on mettait des produits pour éviter les débordements de la nature. Maintenant, avec leur connerie d'agriculture biologique, on est envahi par les bestioles...

— Dis donc, tu crois pas que t'en rajoutes un peu, là ? Prends un Prozac, va te balader, apprends la couture ou le crochet, je sais pas, mais trouve-toi une occupation en vitesse. Sinon, tu vas complètement disjoncter, ma pauvre vieille. En attendant, moi je me ressers. C'est drôlement bon, ton poulet, dis donc !

— C'est vrai ! Tiens, moi aussi, j'en reprendrais bien un peu. Et des pommes de terre, aussi. Et... oui, encore un verre de vin, allez...

Léa nous ressert, manifestement ravie de nous voir apprécier sa cuisine. Je fais mentalement le compte de cet apport inutile de calories. Mes relations avec la balance ne vont pas s'arranger. De toute façon, en rentrant, je la jette ! Mais au moins, j'aurai fait une BA. Léa a retrouvé son sourire.

— Les filles, vous venez de me donner une idée. Je

vais écrire un livre de cuisine. Genre recettes tradition-
nelles pour Parisienne reconvertie. C'est bien, non ?

Comme nos mères nous ont appris à ne pas parler la
bouche pleine, Alix et moi agitons la tête en roulant des
yeux – surtout Alix, moi je ne suis pas très forte en roule-
ment d'yeux – pour signifier notre approbation.

— Super ! En plus, vous allez pouvoir me servir de
goûteuses. On commence ce soir !

Rien qu'à l'idée de ce qui nous attend, je défais le
premier bouton de ma jupe.

Mon portable refuse de sonner. J'ai beau le regarder
avec insistance, le changer d'endroit, le mettre la tête en
bas, lui envoyer des messages télépathiques, rien. Mon
portable ne sonne pas. Ne vibre pas. A tel point que je
compose mon numéro à partir du poste de Léa pour vérifier qu'il marche bien.

— Marianne, téléphone ! Ton portable !

Merde. Il marche.

— Tu veux que je décroche ?

— Non, laisse. Ça doit être le bureau. Font chier. Un
samedi...

Je ne vais tout de même pas leur dire que c'est moi
qui appelle.

— Dis donc... Tu sais ce qui est marrant ? C'est le
numéro d'ici qui s'affiche...

Je raccroche. Le combiné se casse la figure, entraî-
nant une pile de magazines de décoration et un pot à
crayons. Je tombe sur les fesses en essayant de tout rat-
traper.

— Ben qu'est-ce qui t'arrive ?

— J'ai glissé...

— Ah ! Dis donc, c'est pas toi par hasard qui jouais avec le téléphone ?

Alix me regarde d'un air limite accusateur.

— Moi ? NOON ! Quelle drôle d'idée !

— Alors pourquoi t'es toute rouge ? Tiens, et en plus, ton nez s'allonge...

— Allez, Marianne, tu vas pas nous la faire. QUI C'EST ?

Les vaches. Elles s'y mettent à deux maintenant. Mais elles ne m'auront pas comme ça.

— Qui c'est QUI ?

— Le mec dont tu attends... dont tu espères, plutôt... le coup de fil. Si tu imagines qu'on n'a pas repéré ton petit manège avec le portable, ma vieille, tu te plantes... Allez, raconte...

Elles sont toutes les deux en face de moi, les bras croisés, à attendre que je leur livre les dernières nouvelles du front. Et comme j'en crève d'envie, je raconte. Jean-Phil. Notre première rencontre à la piscine, quand je lui suis rentrée dedans en faisant des longueurs de crawl en zigzag. Son air de grenouille ahurie avec ses lunettes speedo et ses palmes violettes. Le hot-dog sans moutarde, le cinéma l'après-midi, le café, la petite pizzeria à Saint-Germain où tout le monde l'appelait par son prénom avec la bougie rouge qui dégoulinait le long d'une bouteille de chianti. Les pizzas napolitaines qu'il a commandées pour nous deux sans savoir que je n'aimais pas les anchois. La balade sur les quais de la Seine, entre gays et bouquinistes. Le dernier verre à la maison et cette partie de scrabble qui s'est terminée, je ne sais pas comment, par une étreinte furieuse et multiple dans mon lit. Sa peau sentait la piscine. Je raconte le petit déjeuner qu'il avait préparé le lendemain matin mais qu'il n'a pas pris avec moi. Il avait laissé un post-it sur la cafetière : « Je n'aime pas les breakfasts post-coïtaux. Merci de ne pas t'être réveillée avant moi. Je penserai à toi aujourd'hui... »

— C'est un mufle !

— Encore un de ces salopards qui disparaît dès qu'il a tiré son coup !

— Sauf qu'il a rappelé... Heureusement d'ailleurs parce que je n'avais pas son numéro.

— Et alors ? Tu l'as envoyé aux pelotes, j'espère !

— Non... Pas vraiment. On joue au chat et à la souris, il a une espèce de magnétisme... On se voit de temps en temps... Assez souvent, en fait.

Rien que d'évoquer Jean-Phil, je sens une chaleur inexplicable me glisser le long de la colonne vertébrale. La douceur de son corps, la délicatesse de ses gestes, sa sensibilité à fleur de peau, presque féminine parfois... Les filles se chargent de me faire redescendre sur terre.

— Et ça fait combien de temps ?

Des chiffres, toujours des chiffres. Toujours tout mesurer, quantifier, peser, dans ce monde matérialiste. Comparer. La taille de la voiture, du salaire, du sexe. Un kilo d'amour, une tonne de sentiments, cinq ans de baise. Sept ans de réflexion. Il y en a un peu plus, je vous le mets quand même ? Ah ! Elles veulent des chiffres !

— Trois, quatre mois...

Léa se met les mains sur les hanches. Alix fulmine.

— QUATRE MOIS ! Mais t'aurais pu nous en parler, espèce de traîtresse !

— Alors là, pas de danger ! Pour me faire traiter une fois de plus de mante religieuse... Et puis, je n'étais pas sûre...

— Sûre de quoi ? Tu couches avec, c'est quand même assez concret, ça, merde !

— Je n'étais pas sûre que ça valait la peine d'en parler. Et de m'exposer à vos commentaires. Je n'étais pas sûre d'être amoureuse, voilà !

— Et maintenant ?

— Maintenant oui.

Alix lève les yeux au ciel. Elle doit me trouver complètement dingue.

— Et qu'est-ce qu'il fait dans la vie ?

Le ton est presque agressif. Piquée, je me dresse sur mes ergots.

— C'est un artiste. Il est auteur de pièces de théâtre...

— Ah ouais ? Et on le connaît ? Il s'appelle comment ?

— Jean-Philippe Barthouil. Il n'est pas encore très connu mais il va percer, c'est sûr. Il est plein de talent.

— Et...

— Et puis qu'est-ce que c'est que ce questionnaire, Alix ? Tu n'es pas ma mère, après tout !

Elle sursaute comme si je l'avais giflée. Les joues rouges, elle détourne le regard et murmure...

— C'est pour ton bien, ma vieille...

Silencieuse jusqu'à présent, sans doute un peu surprise par la violence de notre échange, Léa me prend le coude et demande d'une voix très douce si ça ne remet pas en cause notre pacte. Je la sens un peu inquiète.

— Dis... Tu viendras quand même me voir, hein ?

Alix me regarde intensément, comme si elle cherchait elle aussi à être rassurée. Sa colère n'était peut-être que le moyen d'exprimer sa peur. Une peur bleue d'être abandonnée.

— Evidemment. On ne va pas se laisser séparer par un mec. La preuve : je suis là, non ?

Un air de cornemuse électronique interrompt notre conversation.

— Tiens, ton portable. Ça doit être lui...

J'appuie sur la petite touche verte d'un pouce moite, et dis « Allôooo » de ma voix la plus sexe.

— Marianne, je viens de te faxer les conclusions de la partie adverse dans l'affaire...

Je n'écoute pas vraiment. Ce n'est pas Jean-Phil. Ce n'est que le bureau.

— Alors, ma chérie, tu as passé une bonne journée ?

Peïo vient de rentrer. Il laisse ses bottes pleines de boue et de feuilles devant la porte. Dans le salon, je lève les yeux de mon livre sur les bonobos pour lui dire bonjour mais il ne me voit pas. Il rejoint directement Léa dans la cuisine et lui embrasse les cheveux. A travers la porte ouverte, je constate une tension inhabituelle lorsqu'elle le repousse et lui tourne le dos. Surpris, il s'installe sur le banc avec une tartine de rillettes.

— Tu as déjeuné où ?

— A la venta. On a sorti les étalons avec Léon...

— On t'a attendu...

— Fallait pas. J'ai supposé que vous préféreriez rester entre filles...

Désarmant. Son sourire. Et ses yeux. Surtout ses yeux. Si bleus qu'ils éclairent le monde autour de lui. Des yeux qui le font ressembler à un petit garçon. Je change de fauteuil pour mieux le regarder, laissant Léa hors de mon champ de vision. D'elle, je n'entends que la voix, chargée de frustration.

— J'en ai marre, Peïo. Marre, marre, MARRE ! J'ai tout plaqué pour venir vivre avec toi, et tu n'es jamais là. Toujours en vadrouille avec tes chevaux et tes copains... Tu me laisses toute seule dans cette baraque qui grince, en pleine nature, avec les hurlements du vent, le tapage nocturne des chouettes et des coqs, les bestioles en tous genres, et ces foutues cloches... Et pas âme qui vive à moins de cinq kilomètres, pour échanger quelques mots.

Ne serait-ce que « bonjour » ou « il fait beau aujour-d'hui ».

— Je t'avais prévenue. La vie ici n'est pas aussi gla-mour que dans ton microcosme parisien. Et puis tu exa-gères, il y a la ferme de Mado. Tu peux passer quand tu veux, tu le sais très bien...

— Tu parles. Ce que je sais, oui, c'est qu'elle m'ap-pelle l'Estrangère devant tout le village ! Et puis d'ailleurs, là n'est pas la question. Quand je suis venue m'installer, j'imaginais que *toi* tu serais un peu plus présent, c'est tout.

De dos, Léa vient s'encadrer dans la porte, le corps appuyé contre le chambranle. Elle se cache la tête dans les mains et se met à pleurer. Peïo se lève. On pourrait croire qu'il va la prendre dans ses bras pour la consoler. Mais non. Il se plante devant elle, relève son visage du bout des doigts et la regarde au fond des yeux. Un regard où se lisent en vrac l'amour, la tristesse, l'exaspération.

— Léa. C'est toi qui as décidé de venir t'installer ici. Tu connaissais l'endroit, tu connaissais ma vie. L'élevage de chevaux est un métier difficile, qui demande beaucoup de travail et de disponibilité. Surtout avec les pur-sang. Ces petits chevaux arabes que je forme pour l'endurance. Tu ne les aimes pas, mais c'est eux qui nous font *vivre*. Ne te raconte pas d'histoires, Léa. Au fond de toi, tu savais exactement à quoi t'attendre. Alors de deux choses l'une : soit tu décides enfin d'être heureuse et tu regardes la nature avec un peu plus d'enthousiasme, soit... soit tu rentres à Paris faire tes mondanités. J'en serai terriblement malheu-reux – tu peux prendre ça comme un aveu de ma part –, j'irai me saouler la gueule avec les potes, je partirai peut-être seul dans la montagne avec mon cheval... non, tiens, avec ta jument, celle que je t'ai offerte et que tu refuses de monter...

— Elle me fait peur. Elle me souffle dans la figure dès que je l'approche...

— J'ai pas fini. Je ne sais pas ce que je ferais, mais en tout cas une chose est sûre, je finirai par t'oublier. La vie est ce qu'on en fait, Léa. Le bonheur est un jardin qui se cultive. Le tien est peut-être ici, peut-être à Paris. Toi seule connaît la réponse...

— Ici, Peïo. Ici, avec toi !

— Sûre ?

Il lui sourit.

— Sûre.

— Bon, alors sujet clos.

Il lui tend son mouchoir et l'attire vers lui.

— Sèche tes larmes... Allez, viens par-là...

Il l'embrasse comme dans les films. Quand surgit le mot de la fin en lettres anglaises au beau milieu de l'écran, si bien qu'on ne voit pas vraiment ce que font les acteurs avec leurs langues. Je m'en vais sur la pointe des pieds. Léa et Peïo sont seuls au monde.

J'ai trop mangé hier soir. Je me sens lourde, grasse, pâteuse. Suintante. Comme une mauvaise pâtisserie orientale. J'ai l'impression d'avoir une souris morte dans la bouche. J'ai dû trop boire, aussi. Je me souviens vaguement de deux Paddy, trois verres – petits – de jurançon moelleux avec la terrine de foie gras, un madiran qui avait un drôle de nom avec les confits aux pommes. C'est là qu'on a commencé à boire le vin dans les verres à eau parce qu'il n'y avait pas d'eau sur la table. Après, je ne me souviens plus de grand-chose. J'ai très bien dormi. J'entends du bruit dans la maison. Ils doivent être réveillés. Quand je soulève la tête, on dirait qu'elle contient tout le rayon quincaillerie du BHV. Je la laisse retomber lourdement sur l'oreiller et je ferme les yeux. Une clim se met en marche dans mon crâne. J'ouvre la bouche pour bâiller.

Mes narines m'ordonnent de la fermer. Ce qu'il me faudrait, c'est de l'eau. Mais c'est si loin...

— Marianne...

Je rêve que je suis dans le train.

— MARIANNE !

Les yeux mi-clos, je vois défiler des immeubles grisâtres et des antennes paraboliques. Peut-être qu'après tout je ne rêve pas. Je suis vraiment dans le train... On joue de la trompette dans mon oreille. Dans mon état, ce n'est pas malin. Ah non, c'est une voix. Je connais cette voix... Alix. Pourtant, en ouvrant les yeux pour de bon, je découvre un visage totalement inconnu en face de moi. Une petite vieille toute mauve qui broie ce qui ressemble à un sandwich d'une rotation méthodique des mandibules. C'est ce qu'ils font quand ils n'ont plus de dents, les vieux. En plus, ça pue, son truc. Je parie que c'est du saucisson à l'ail. J'ai mal au cœur. J'ai envie de...

— Marianne ! Bouge-toi, on arrive !

Encore la voix d'Alix. Je ferme les yeux très fort, puis les rouvre pour vérifier que la petite vieille n'est pas le fruit de mon imagination. Elle est toujours là. Une main me secoue.

— Merde, mais qu'est-ce que t'as ! Hou ! hou !

Ça vient de sur le côté. Devant, la vieille. A droite, la voix d'Alix... Bingo ! Je tourne la tête. Elle est là, à me donner des coups de poing dans l'épaule.

— La vache. Je suis mal...

— Gueule de bois, ma vieille. Si t'avais vu tout ce que tu as descendu !

— Arrête ! Je n'ai rien bu !

— Ouais... Ben alors dans ce cas, je ne vois qu'une seule chose : t'es pleine !

Je sursaute. Elle a réussi à me réveiller complètement.

— HEIN ?

— T'es pleine. Enceinte, fécondée, prise. T'as un polichinelle dans le tiroir, quoi.

— Mais t'es dingue !

— Regarde ! Y a le père qui te fait des signes, là, sur le quai. Bon, je vous laisse. Allez, tcho !

— Tcho !

Elle s'évapore dans la foule, me laissant seule avec mon sac, mon mal de crâne et maintenant, grâce à elle, mes doutes. Mais non, c'est impossible. J'ai une bonne gueule de bois, point barre.

Quand Jean-Phil s'avance vers moi, je ne peux pas m'empêcher de sourire.

— Bon week-end ?

Empoignant mon sac de voyage, il m'entraîne le long du quai, vers la sortie.

— Oui, oh ! un peu nase... Et toi ? Tu ne m'as pas appelée...

Tu ne m'as pas appelée... Je m'étais pourtant juré de ne pas le lui reprocher. Et j'ai tenu quoi... dix secondes ?

— J'ai bossé. J'ai réécrit tout mon troisième acte... Tu verras, je te le ferai lire... Maintenant que je connais les acteurs, c'est plus facile. J'ai voulu aller voir un film mais c'était bondé... Ah ! Et puis il y a eu le vernissage de Véra...

Véra ? C'est qui cette blonde ?

— ... Tu sais, la fille peintre dont je t'ai parlé ? Celle qui s'est occupée des décors de ma dernière pièce...

Non, je ne sais pas. Et je ne suis pas sûre d'avoir envie de savoir. Quelle idée de laisser Jean-Phil seul à Paris un week-end entier ! C'est à peu près aussi intelligent que de laisser une boîte de Léonidas ouverte sur le bureau. Tout le monde à envie d'y goûter. Je m'attendais à quoi ? A ce qu'il fasse l'ermite pendant quarante-huit heures ? Jean-Phil colle sa bouche contre mon oreille et commence à en grignoter le lobe.

— ... tu m'as manqué, tu sais... Allez viens, on va chez moi... J'ai pris de quoi nous faire une dînette.

Ses bras se referment sur moi pendant qu'il m'embrasse. Je me laisse aller contre son corps doux et chaud, caressant du bout des doigts une petite veine qui bat dans son cou. Je bois sa présence comme si ça faisait des années que nous nous étions quittés. A cet instant précis, il y a lui. Il n'y a *que* lui.

Dis donc, ma vieille, tu ne serais pas un peu jalouse, par hasard ?

Une petite voix insidieuse me trotte dans la tête. Jean-Phil dort à mes côtés. Nous n'avons même pas dîné... Les plats sont toujours dans le four que nous n'avons pas pris la peine d'allumer. En rentrant, il a mis cette symphonie de Brahms qui me rappelle un film où le premier rôle était tenu par une grosse baleine bicolore... C'est la quatrième, je crois... Symphonie. Terriblement romantique dès les premières mesures. Alors forcément...

Jalouse, moi ? Ça m'étonnerait. C'est mesquin. Ce n'est pas un sentiment noble. Et puis on n'a rien inventé de mieux pour foutre en l'air les plus belles histoires d'amour... Oui mais... Et Véra ? Quoi, Véra ? C'est une relation professionnelle. Jean-Phil a bien le droit de travailler avec des femmes. Je bosse bien avec des hommes, moi...

J'ai trente-six ans. Tous les soirs, avant de m'endormir, je parcours quelques pages de Sun Tzu, *l'Art de la guerre*. En pile sur la petite table à côté de mon lit, il y a aussi *La Passion de l'excellence*, et *La femme est un loup pour l'homme*.

— Mais c'est impossible !

Trois fois que je refais ce foutu test de grossesse, trois fois qu'il est positif ! Deux barres roses, c'est positif, non ? Je regarde les dessins sur la boîte. A gauche, deux barres : enceinte. A droite, une barre : pas enceinte. Sur mon testeur, deux barres... Merde ! Je relis le mode d'emploi. J'ai peut-être raté quelque chose ? Un détail, un truc écrit en tout petit, disant que dans certains cas le test peut apparaître positif mais qu'en fait il ne l'est pas. Ah oui ! Voilà... Non, c'est le contraire. Le résultat positif est sûr à cent pour cent, le résultat négatif peut être erroné, si on a mal fait le test, par exemple. Pourtant, c'est impossible. Je prends la pilule. Bon, OK, il m'arrive parfois de l'oublier, comme tout le monde. Mais de là à tomber enceinte, c'est vraiment pas de chance. Tiens, d'ailleurs... Je vérifie ma plaquette : RAS, j'ai bien pris *tous* les comprimés ce mois-ci. Mais alors ? La boîte. La notice d'utilisation : *ce moyen de contraception est efficace dans quatre-vingt-dix-neuf pour cent des cas.* Ce moyen de contraception est inefficace dans un pour cent des cas. Ils ne le disent pas, ça, les chiens. Enfin, pas clairement, là, noir sur blanc. Je vais leur faire un procès ! Je vais assigner le labo fabricant de cette pilule de merde pour non-communication des risques liés à l'absorption de leur produit. Je vais leur faire le coup du *Wet Floor*. C'est génial ce truc : vous vous cassez la figure sur un sol mouillé, dans une boutique, dans un club de sport, dans une piscine, n'importe où. Vous attaquez le propriétaire ou l'exploitant en demandant d'énormes dommages et intérêts, et s'il ne peut pas prouver qu'il avait placé un panneau « *caution : wet floor* » vous gagnez à tous les coups. Aux Etats-Unis. Pas sûr qu'en France ça marche de la même façon. Et puis ça me fera une belle jambe de gagner d'énormes dommages et intérêts. J'aurai toujours mon énorme bide. C'est idiot. Je me mets à sangloter. La grossesse... Mais non, c'est impossible. Il doit y avoir une erreur. C'est impossible parce que ce n'était pas prévu.

Qu'est-ce que je vais faire ?

— Allô ?

Tiens, bizarre. Une voix masculine.

— Euh... Je suis bien chez Alix ?

— Oui. Mais chut... Elle dort. Elle est rentrée d'un Los Angeles direct et...

— Elle est crevée, je sais.

— Non, ce n'est pas ce que je voulais dire. Elle a un rhume. En plus, elle est allée à la supérette et elle n'a pas pu s'acheter ses Danette au caramel parce qu'ils les vendaient seulement par paquets de douze. Ça ne se conserve pas longtemps, et elle est toute seule, vous savez... Elle était très contrariée. Je me demande si elle n'a pas un peu le cafard, en ce moment...

Ça doit être dur de se dire qu'on ne peut pas s'acheter ses yaourts préférés parce qu'ils sont destinés aux familles nombreuses. Pauvre Alix. Au fond, ce n'est peut-être pas si marrant de vivre seule tous les jours. Seule ?

— Dites, euh... Vous êtes un nouveau ?

Silence stupéfait.

— Un nouveau quoi ?

— Ben euh... Vous savez... Ami...

Un petit rire. Très distingué. Pas très viril, il faut bien l'admettre. Un copain homo, alors ?

— Oh là là, non ! Je suis sa grand-mère. Elle m'a demandé de passer de temps en temps pour arroser ses plantes et nourrir les poissons quand elle est en voyage.

C'est vrai, les poissons ! Deux scalaires dont le produit est nul et pour cause : ce sont deux mâles qu'Alix a appelés Gilbert et Georges parce qu'ils déambulent dans leurs déjections.

— Et vous... vous êtes une amie d'Alix ? Je vous connais ?

J'ai honte. Bien sûr qu'elle me connaît. J'ai passé la moitié de mes mercredis à manger sa confiture de fraises. Des souvenirs de chocolat chaud et de petite enfance me brouillent la vue. Une larme, puis deux. Je regarde le combiné, stupide.

— Mademoiselle... vous êtes toujours là ? Vous voulez que je dise que vous avez appelé ?

Et cette manie qu'elle avait de nous appeler mademoiselle...

— Non, non, merci... Ce n'est pas la peine. Je... euh... je la rappellerai plus tard.

— De toute manière, le numéro est affiché sur le téléphone. Elle saura où vous trouver. Allez, au revoir, mademoiselle...

— Au revoir, Mélie...

Tout en raccrochant, je me rends compte que j'ai gaffé. Mélie... Seules Alix, Léa et moi l'appelions comme ça. Les autres l'appelaient Amélie. Fine comme elle est, elle ne mettra pas trois secondes à deviner que c'était moi. Quand j'étais petite, j'adorais cette femme. Et là, pour une question d'ego mal placé, je ne suis même pas fichue de lui dire bonjour.

Le problème avec Alix, ce sont les hommes. D'après ce qu'elle m'a raconté, ça a commencé avec son père. Une espèce d'ogre magnifique qui tenait sa mère par les couilles – je ne fais que répéter sa propre expression – et a complètement étouffé sa personnalité. Il paraît même qu'il la trompait ostensiblement et qu'elle restait, incapable de vivre sans lui. Alix s'est juré que jamais une chose pareille ne lui arriverait. Résultat, l'ogre, c'est elle. Elle s'impose un rapport très particulier avec les hommes. Son seul but est de les dominer. Garder la tête froide et ne pas s'attacher. Manger pour ne pas être mangée... Elle fait un métier de mec, elle parle comme un mec – tendance charretier –, elle dîne d'un bol de céréales devant sa télé comme un mec, et surtout, ce qui m'a toujours sidérée, elle a une vie amoureuse de mec. Elle est capable de dissocier le sexe des sentiments, ce que les femmes sont en général incapables de faire. Nous devons aimer pour coucher. Pas Alix. Comme dit Léa, quand nous *faisons l'amour*, Alix *baise*. C'est toute la différence.

En ce moment, elle a trois hommes dans sa vie. Tous inaptes pour le long terme. C'est plus sûr. Alfred, le galeriste new-yorkais est marié à une harpie américaine qui le plumerait en cas de divorce. Et père de deux enfants. Pas de risques de ce côté-là. Ian, le surfeur australien, n'a que dix-neuf ans. Il paraît qu'il lui offre des parties de jambes en l'air torrides sur la plage. Mais elle finira par se lasser des raviolis froids à même la boîte dans son camion violet. Et puis quand même, elle pourrait être sa mère ! Quant au banquier français, Christophe Lorvet, je ne vois pas ce qu'elle lui trouve. Mèche blondasse rabattue sur la calvitie, portable à la ceinture... Tiens, c'est même le genre à avoir des socquettes blanches. Pourtant, Alix n'est pas du style à se laisser impressionner par une Visa en or... Non, vraiment, celui-là, c'est un mystère...

— Allô, Marianne ?

— Alix ?

— Ouais ! C'est toi qui viens d'appeler ?

— Euh... Non... Enfin pas tout de suite tout de suite...

— Mélie m'a dit que c'était toi... Et puis c'est ton numéro.

— Ah bon. Alors c'est moi. Mais tu sais, ça fait déjà un certain temps.

— Je dormais. La sonnerie m'a réveillée. Le temps que j'émerge... Au fait, il est quelle heure ?

Elle me tend la perche. Mais je n'ai pas envie de jouer. Pas aujourd'hui.

— Seize heures. Zoulou.

— Non mais ici...

— Ben dix-huit heures...

— Ah ! C'est tôt...

C'est dément, cette fille, à chaque fois qu'elle revient sur terre elle dort. Et c'est *toujours* trop tôt pour la réveiller. Mais là, elle ne va pas le regretter.

— Tu avais raison.

— Quoi ?

— Pour ma gueule de bois. Ce n'était pas une gueule de bois. Je suis enceinte.

Le téléphone se met à siffler comme une chambre à air qui se dégonfle et à proférer des obscénités.

— Tu as appris de nouveaux mots ?

— Hein ? Euh... Excuse-moi, c'est le choc. Putain, mais comment tu vas faire ?

Bonne vieille Alix.

— Je vais aller voir mon gynéco, je vais acheter des fringues plus grandes, gérer au mieux la transition de la taille euh... medium à la taille *énorme*. Et je vais choisir un prénom. Qu'est-ce que tu veux que je fasse ? Non, le problème, c'est Jean-Phil. Tu te rends compte, un truc pareil qui nous tombe sur le poil ? Comment est-ce que je vais pouvoir le lui annoncer ?

— Sais pas. La psy masculine, c'est pas mon truc. J'espère pour toi qu'il ne va pas se tirer. Tu sais, il y en a que ça effraie complètement, un gamin.

BONNE VIEILLE ALIX.

— Et ton boulot ? Ça ne va pas entamer tes plans de carrière ? Tu ne devais pas devenir partner à la fin de l'année ?

— Si. Je... Tu ne pourrais pas dire au moins *une* phrase qui me remonte le moral ?

Des larmes. Encore des larmes. Il va falloir que je trouve une crème de jour waterproof.

— Prends un Paddy. Et puis réfléchis bien. Tu peux encore choisir de ne pas le garder...

Comme c'est bien dit. *Choisir de ne pas le garder...* Une prérogative exclusivement féminine. Un droit de vie ou de mort. Elle a raison, Alix. Pour quelques semaines encore, la décision m'appartient, et à moi seule. Je pourrais tout arrêter, ce n'est rien du tout, une matinée d'hôpital tout au plus. Ne rien dire à personne, surtout pas à Jean-Phil. Et puis oublier. Mais...

— Tu sais, Alix. J'ai trente-six ans. Jamais je n'ai eu le *temps* de penser à faire un bébé. Et en voilà un qui arrive tout seul... C'est peut-être un signe. Ça montre que dans la vie, on ne peut pas toujours *tout* prévoir... « Celui qui sait quand il faut combattre et quand il ne le faut pas sort victorieux »...

— Qu'est-ce que tu racontes ?

— Sun Tzu. Il dit que parfois, ça ne sert à rien de lutter. Au contraire...

— Ouh ! Ma vieille, tu courcircuites, là. Si t'as besoin de citations pour prendre des décisions... Bon, sérieusement, tu es une grande fille, tu sais ce que tu dois faire. Je te connais, je suis certaine que tu vas très bien t'en sortir. Au fond, un job, un enfant et un mec, c'est le lot de toutes les femmes, non ?

— Hmm...

Elle a raison. Elle a toujours raison, Alix. Même si elle a parfois une manière un peu crue de dire les choses, elle reste d'excellent conseil. Elle pose les bonnes questions et oblige à trouver les bonnes réponses.

— Allez, ma grande, désolée si je t'ai brutalisée, mais au moins maintenant tu sais où tu en es. N'hésite pas à appeler si tu as besoin de moi. Je suis là. Tu peux même me réveiller ! Tcho, ma puce !

Ma puce ? Ma PUCE ? Elle doit être très émue pour parler comme ça. La seule fois où je l'ai entendue dire « ma puce », c'est quand sa petite sœur s'est mariée. Elle l'a prise dans ses bras et lui a dit : « Alors, tu nous quittes, *ma puce* ? » Je suis sûre qu'elle se cachait dans ses cheveux parce qu'elle pleurait.

— Tcho... Ah ! Et dis bonjour à Mélie de ma part.

Je ne sais pas si elle m'a entendue. Elle a déjà raccroché. Lentement, je repose le téléphone et regarde mon ventre. Oui, je sais ce que j'ai à faire.

Première résolution. J'aurai cet enfant. Je le veux. Cachée au fond de moi, sous mes tailleurs d'executive woman, il y une femme qui désire être mère de toute sa chair, de toute son âme. Même si ce n'était pas prévu. Je vais prendre mon courage à deux mains et l'annoncer à Jean-Phil. Dont acte.

— Jean-Phil, tu ne me trouves pas un peu... euh... enveloppée en ce moment ?

Il pose son magazine et vient me pincer les fesses.

— Non. Pas plus que d'habitude.

— La vache ! Jean-Phil, viens voir ! Je ne peux plus fermer mon jean !

— Le ferme pas... Viens par ici, toi. Mmm... Tu sens bon... Tu peux enlever ton T-shirt, si tu veux...

— Je...

— Chuuut !

Comment voulez-vous parler nue, plaquée au sol avec une langue étrangère dans le gosier ?

— Comment se fait-il que tu n'aies jamais été marié ?

Sur le point de mettre un CD, Jean-Phil interrompt son geste, cueilli à froid par ma question. Il se gratte le menton, pose le disque, le remplace par un autre, et vient finalement s'asseoir dans le canapé en oubliant la télécommande. Charitable, j'allume la chaîne, il a choisi des highlights de *L'Or du Rhin*, quelle drôle d'idée avec le temps qu'il fait... J'espère que Wagner l'inspirera pour formuler sa réponse. Moi, il me donnerait plutôt envie d'envahir la Pologne...

— Euh... Je n'en sais rien... Ça s'est trouvé comme ça... J'imagine que je n'ai jamais rencontré la personne avec laquelle j'avais envie de vieillir...

Je viens me lover contre lui, incapable de savoir si ses mots me blessent ou me rassurent. Derrière cette phrase insipide se cache autre chose.

— C'est bizarre...

Il a posé sa joue contre mes cheveux. Je ne vois pas ses yeux mais je sais qu'ils regardent dans le vide. Sans le vouloir j'ai dû réveiller un fantôme.

— Qu'est-ce qui est bizarre ?

— Ça... Que tu sois resté seul... Ce n'est pas ton genre... Enfin... Tu as quarante-deux ans... Tu n'as jamais voulu d'enfant ?

Silencieux, il prend ma main et la porte à ses lèvres. On dirait qu'il réfléchit.

— Tu sais... Il y a eu une femme... Une fois... J'ai vécu avec elle pendant un an... J'en étais fou. Elle était magnifique... Drôle... Brillante... Elle m'aimait, j'en suis sûr. Mais elle appartenait à un autre monde. Je ne la voyais que deux heures par jour... Deux heures, tu te rends compte... Et puis nous avions très peu d'intimité. Elle était mondaine, je travaillais... Et tous ces gens autour de nous...

— Mais... puisque vous viviez ensemble ?...

— Pas au sens ou tu l'entends... On ne partageait pas le même appartement... Elle était là, dans mes pensées, jour et nuit... Mais physiquement, nous n'avions que deux heures.

Il devait être très amoureux pour supporter ça. Et elle... peut-être mariée... Mais c'est tout de même étonnant qu'ils n'aient pas eu un week-end de temps en temps.

— Et... Qu'est-ce qu'elle est devenue ?

— Elle est morte. Tous les soirs quand je la quittais, elle faisait mine de mourir, pour réapparaître le lendemain, encore plus belle. Et moi, tous les soirs je pleurais en la voyant partir... J'y croyais... Et puis un jour, elle a disparu pour de bon. Laura...

Une dingue, voilà ce que c'était. Une dingue doublée d'une sadique. Je me serre un peu plus contre Jean-Phil. Il soupire.

— Enfin... J'étais jeune à l'époque. Après, je suis sorti avec l'actrice pour essayer d'exorciser le truc, mais ça n'a rien fait. Laura est le plus beau personnage que j'aie jamais créé. Le plus dramatique. Le plus attachant. Et j'ai

été pris à mon propre jeu. Je suis tombé amoureux d'elle...
Mon héroïne... C'est con, hein ?

Un sourire. Des petites rides se forment au coin de
ses yeux. Je respire. Comme libérée d'un poids. Un personnage ! L'héroïne d'une de ses pièces ! Et moi qui avais
cru à une vraie concurrente en chair et en os ! Je me sers
du thé et en offre une tasse à Jean-Phil.

— Maintenant, je suis là.

Après l'immense poésie de son aveu, mes mots semblent fades. Insipides. Pourtant ils comportent notre avenir
à tous les deux. Je pose une main sur mon ventre.

— *Nous* sommes là...

J'ai mis l'accent sur le *nous*. Il dit « oui, je sais » d'un
air sombre et va remettre de l'eau à chauffer. Il n'a rien
entendu. Je l'aime. Et lui, est-ce qu'il m'aime ?

Mon boss est furieux. Grave. Il ne le montre pas, parce que ce ne serait pas politiquement correct, mais je le vois bien. Il est vert. Pourtant, ça arrive à tout le monde d'être enceinte.

— Pas ici. Pas chez moi. Pas maintenant.

— ...

— Pas le moment. Avec l'affaire Dubois, le cabinet ne peut pas se permettre d'avoir une collaboratrice senior sur la touche.

— Je ne suis pas sur la touche. Je suis enceinte ! Et entre parenthèses, je ne suis pas la première...

Référence sournoise à son ex-secrétaire qui a accouché l'an dernier d'un enfant lui ressemblant beaucoup. Il a poussé la sollicitude jusqu'à l'épouser. Il y a des filles qui se débrouillent mieux que d'autres.

— Rien à voir ! Toi, tu es l'un des piliers de la boîte. On a besoin de toi. Tu ne peux pas nous faire ce coup-là.

— C'est fait ! Le coup, comme tu dis, est parti...

Il ne sourit même pas, trop occupé à finir de manger son crayon.

— Marianne, je ne plaisante pas. Réfléchis. Si tu as cet enfant, tu seras absente au minimum quatre mois. Je ne pourrai pas vis-à-vis des autres collaborateurs et des clients te nommer partner à la fin de l'année. Pense à ce que tu perds.

C'est à force d'ingurgiter des Steadtler Noris HB qu'il a une telle langue de bois ? Je reste très calme, pose les mains bien à plat sur le bureau et le regarde droit dans les yeux.

— Désolée que tu réagisses comme ça, Sylvain. J'*aurai* cet enfant. Je ne serai *pas* absente quatre mois...

Il faudra que je m'organise. Je prendrai une nounou. Chaque mère qui travaille crée un poste de nounou. Chaque mère qui travaille est obligée de confier les premiers sourires de son enfant à une étrangère. A moins d'avoir un homme au foyer, ce qui est rarement le cas malgré les efforts de parité...

— ... Et si tu ne me trouves plus assez décorative pour l'image de ton cabinet, vire-moi. Mais là, je te préviens : je poursuivrai ton cul jusqu'au tréfonds de l'enfer et je te ferai bouffer tes gonades de troll.

Mais qu'est-ce qui me prend ? Je parle comme Alix, maintenant. Quelle horreur ! Ça doit être les hormones. Elles sont folles, en ce moment. Stupéfait, Sylvain me regarde comme si j'étais un martien en train de faire la danse du ventre. Coi. Au bout de quelques minutes, un sourire se dessine sur son visage. Un grand sourire plein de dents. Blanches. Un poil managerial mais sincère.

— Bon. Je vois que tu n'as rien perdu de ton jus. Continue comme ça et j'oublierai peut-être que tu es enceinte.

Il me tape sur l'épaule.

— Je te laisse travailler. Et... félicitations. Je suis content pour toi. Tu verras, les enfants, c'est extraordinaire !

Il sort du bureau et ferme la porte derrière lui en me

faisant un clin d'œil. Décidément les hommes sont pleins de surprises.

Si Maman était encore là, elle pourrait me dire comment faire pour annoncer la nouvelle à Jean-Phil. Mais Maman est partie un matin de printemps en laissant un trou dans ma vie. Sans même finir son livre... Et Papa... Si Papa était encore là, il pourrait me conseiller. Mais lui aussi s'est éteint, peu de temps après Maman. Comme une petite veilleuse dont on oublie de changer l'ampoule. Ils ont vécu une belle histoire d'amour. Ils me manquent.

Le dentifrice a un drôle de goût. Je crache et me rince la bouche. Plusieurs fois. Le goût persiste. On dirait du camphre et du savon. Du clou de girofle, peut-être.
— Où est ma mousse à raser ?
Jean-Phil sort de la douche et s'entoure les hanches d'une serviette. Comme si je ne connaissais pas tous les détails de son anatomie. Il vient se plaquer derrière moi. La serviette se défait et tombe. Il se plaque un peu plus fort et attrape un sein. Je sens un os dans mon dos.
— Mmm... Tu sais que tu as une poitrine à tomber par terre, toi...
Il m'embrasse derrière l'oreille et commence à en mordiller le lobe.
— Pas maintenant, Jean-Phil. Je dois aller bosser... Je suis en retard.
C'est toujours la même chose quand je le laisse passer la nuit à la maison. J'arrive au bureau à dix heures avec des valises sous les yeux et tout le monde me regarde avec un sourire en coin. Et quand je dors chez lui, c'est pire : au retard et aux valises s'ajoute le fait que je porte les mêmes vêtements que la veille, ce qui bien entendu

n'échappe à la vigilance de personne. Un jour, j'ai essayé d'emprunter à Jean-Phil un pantalon et une chemise et on m'a demandé autour de la machine à café si je me prenais pour Annie Lennox.

— Pourquoi tu te brosses les dents avec ma mousse à raser ?

— Uh ?

— Ben oui. Tu viens de te servir de ma mousse à raser pour te laver les dents. Ça doit être dégueulasse. Ne me dis pas que tu ne t'en es pas aperçue... Ou alors, tu es amoureuse...

Jeune présomptueux. Il s'agenouille devant moi et commence à me lécher l'intérieur des cuisses. Si ça doit s'arrêter, c'est maintenant. Après, ce sera foutu. Je sens déjà que mes poils pubiens me tiennent plus chaud que d'habitude.

— Jean-Phil... je suis enceinte.

Je me surprends moi-même. Ça y est, je l'ai dit ! C'est toujours plus facile d'envoyer des pavés quand on ne voit pas la tête de l'adversaire. Sauf que là, la tête de Jean-Phil remonte immédiatement à la surface et se retrouve nez à nez avec la mienne. Il se lèche les babines.

— NON ?

— Si.

— Non.

— Si.

— Ah !

Silence. Mes mains deviennent moites. Je regarde Jean-Phil par en dessous. Il se livre manifestement au même exercice, si bien que nos yeux ne se rencontrent pas. Je me perds dans l'observation de mes doigts de pieds. Tiens, je n'avais jamais remarqué qu'ils étaient poilus. J'en toucherai un mot à l'esthéticienne. Encore que... Dans quelques mois, je ne les verrai plus. Jean-Phil se racle la gorge et relance le sujet.

— Arrête. Tu déconnes. T'es sûre ?

— Certaine.

— Ah !

Ahhhrg !

— Combien de semaines d'aménorrhée ?

— J'en sais rien.

— T'as fait une prise de sang ?

— Pas encore... Dis donc, tu t'y connais vachement ? Tu as déjà eu des enfants ?

Inquiétude. Sournoise.

— Non. Mais j'ai une femme enceinte dans ma pièce.

Bien sûr. Il vit tellement dans ses histoires... Jean-Phil me prend la main. Toujours à poil devant moi, et son os a disparu.

— Et... il est de qui ?

Je le regarde avec des yeux ronds.

— Devine ?

Je le vois réfléchir à toute allure. Son visage exprime successivement la peur, la surprise, l'espoir, de nouveau la peur, la surprise, bar bar bar... Jack pot !

— De MOI ?

— Evidemment !

— NON ?

— Si.

— Oh ?

— Ben oui.

— Waou !

Il s'exprime comme un bonobo. Je n'arrive pas à savoir s'il est content ou pas.

— T'es sûre ?

— Certaine.

— Merde !

Il sort de la pièce sans un mot. Il n'est *pas* content. Il

est furieux. J'aurais dû m'en douter. Il est tellement indépendant qu'il n'a pas envie de se scotcher avec un môme. S'il n'en a pas encore eu à son âge c'est qu'il doit y avoir une raison. Il... Oh ! Et ces foutues larmes qui reprennent. Alix avait raison. Il est terrorisé. Il va trouver une excuse minable et disparaître pour toujours. Pour une fois que j'avais un mec à la fois attentionné et respectueux de mon espace vital. Il a fallu que je gâche tout. Comme d'habitude. Je gâche toujours tout. Sentimentalement, je veux dire. Avec mes parents, que j'ai vus partir sans que nous nous soyons tout dit. Avec les hommes, qui me laissent tomber les uns après les autres parce que je suis incapable d'avoir un mot affectueux à leur égard. Ah, ça ! Prendre quelqu'un dans mes bras et lui dire « je t'aime », ça m'écorcherait la bouche. A part au lit, mais ce qu'on dit au lit dans le feu de l'action ne compte pas vraiment. C'est le seul endroit où tout le monde dit *I love you* sans se poser de questions. Je suis une handicapée de l'amour. Sauf avec Jean-Phil, avec lui j'y étais presque. Quelle conne, mais quelle conne ! Je finirai toute seule dans une résidence-service pour quatrième âge avec ma télé et mes bouquins de droit. Non. Je finirai aussi avec un enfant unique qui me reprochera toute sa vie de ne lui avoir donné ni père ni frères et sœurs. Ce qui n'empêche pas que j'aurai quand même droit à la maison de retraite. J'ai bien fait le coup à mes parents... Ou pire, avec l'évolution de l'éthique scientifique, on m'offrira un aller simple pour Amsterdam. Pour me faire piquer comme un vieux chien... Perdue dans mes élucubrations, je n'entends pas Jean-Phil revenir mais je sens son souffle tout près de mon visage.

— Qu'est-ce qu'il y a ?

— Rien...

— Tiens. Bois ça. C'est plein de vitamines. C'est bon pour le bébé.

Il me tend un verre, et caresse mes doigts quand je le prends. Il tremble.

— Tu sais...

Sa voix est très douce.

— ... J'ai toujours rêvé d'être papa.

Il cligne des yeux plusieurs fois. Je suis sûre qu'à l'intérieur, il pleure. Pour la première fois, je suis heureuse d'avoir tort.

From : Marianne@microcosme.fr
To : L§P@cotesud-ouest.com
Tu ne devineras jamais : Je vais avoir un bébé !

From : L§P@cotesud-ouest.com
To : Marianne@microcosme.fr
Veinarde.

Mon corps est comme un fruit mûr. Rond et appétissant aujourd'hui, au sommet de sa maturité. Et demain... Voué à tomber, à être piétiné et à finir sous terre... Je devrais peut-être recommencer le Prozac.

Non... Deuxième résolution. J'arrête le Prozac. Au moins jusqu'à la naissance du bébé. Dont acte. A la poubelle, les petites capsules vertes. Désormais, je les remplacerai par du chocolat. Noir. Avec des noisettes. Et des amandes. Ou alors au praliné... c'est bon, aussi, au praliné. Corollaire : exit la balance.

Alix lève les bras pour ranger son sac dans le porte-bagages. Son T-shirt remonte et laisse apparaître une bande de peau mate et ferme. Il n'en faut pas plus pour qu'elle ait une vingtaine d'yeux scotchés au nombril. Il y a dix mâles dans le compartiment.

— Mais qu'est-ce qu'ils sont lourds !

Elle a senti les yeux. Elle jette un regard périphérique et chacun éprouve le besoin urgent de lire un article sur l'expansion du réseau ferroviaire dans la revue TGV. Elle soupire et croise les jambes.

— Qu'est-ce que tu veux, ma vieille ! Tu es trop belle !

C'est vrai. Avec son jean vintage juste assez moulant pour mettre en valeur ses fesses de mec – je paierais cher pour avoir les mêmes, au lieu de lutter contre des capitons qui me font ressembler à un Chesterfield –, son petit top blanc et sa veste en peau souple, Alix est une bombe. Et le pire, c'est qu'elle ne le fait pas exprès ! Elle est née avec le visage de Julia Roberts – y compris la grande bouche – et le corps de la doublure de Julia Roberts dans Pretty Woman. Les femmes la détestent au premier regard.

61

— Toi aussi tu es superbe. Ton ventre te va à ravir.

Si on aime le côté mappemonde. On dirait un visage de bouddha. Ça te donne une touche de zénitude...

Elle sourit, enroule une mèche autour de son doigt et s'endort en tétant. Je parie que les cochons d'en face l'imaginent en train de rêver qu'elle fait une gâterie à l'effigie du dieu Min. Je déploie mon journal devant elle pour l'extraire du champ de vision de ces libidineux.

— Salut, Léa ! Ça sent bon, dis donc ! On peut goûter ?

Léa est en train de faire de la confiture. Alix a déjà plongé une cuiller en bois dans la bassine.

— Putain, c'est bouillant !

— Bien fait ! T'avais qu'à m'embrasser avant ! T'es toujours aussi malotrue, ma vieille !

— Oh ! Faut pas m'en vouloir. J'arrive d'un Los Angeles direct. J'ai à peine eu le temps de dormir quatre heures avant de sauter dans le TGV... Je suis...

— On sait ! Tu es *crevée* ! Change de métier si ça t'empêche d'être civilisée.

— Jamais de la vie ! Vous le savez bien...

J'adore vanner Alix sur son emploi du temps. Je sais que pour rien au monde elle n'abandonnerait son job, même si elle est souvent complètement décalquée.

— Bon, les filles, si vous preniez des louches, là, pour m'aider à mettre en pots. Il faut poser les capsules pendant que c'est chaud.

— Tu n'as pas mis de vanille ?

— Pas besoin. Ici, les fruits se suffisent à eux-mêmes. Ce sont les filles du microcosme qui foutent de la vanille partout.

— Dis donc, Léa ! A Paris, tu étais la première à tout

assaisonner avec de la vanille. Même les pâtes... Alors ce n'est pas parce que tu vis en pleine brousse que tu vas nous la jouer bio !

— Pas de danger. Le bio, c'est aussi une invention des marketteurs pour vendre très cher des produits qui ont une très sale gueule. Ils me font bien marrer avec leur agriculture biologique sans produits chimiques. Tu n'imagines tout de même pas que si un type balance des engrais ou des pesticides dans son champ il n'y en aura pas dans celui du voisin. Le vent, ça existe ! Et les ruisseaux, les insectes, et les oiseaux...

— OK. Mais au moins, ça oblige à une certaine prise de conscience de l'environnement. Quand on vit dans le béton, on a tendance à l'oublier. Moi, je trouve très bien d'avoir un peu de nature sur les linéaires du Monop'.

L'opinion tranchée d'Alix sur le phénomène bio me surprend. Elle qui ne connaît de la cuisine que le chemin pour y arriver... Léa sort du frigo une bouteille de vin blanc, attrape trois verres, une miche de pain, et un jambon.

— Txakolina, c'est le vin nouveau du coin, fruité et légèrement perlant, pain au levain et jambon patanegra. D'un petit *cerdito* espagnol à la cuisse fuselée et au sabot tout noir. Rentré en contrebande avec l'aliment des chevaux. Il n'est pas bio, mais il a le goût de l'aventure ! Allez, les filles, on attaque, c'est bon pour notre culotte de cheval ! Et pour le bébé de Marianne !

— T'as bien dormi ?

Alix arrive dans le salon, les cheveux en bataille et les yeux ensommeillés.

— Tes cheveux... On dirait que t'as pris le jus !

— Il est quelle heure ?

— Sept heures...

— Ça fait quoi en zoulou ?

Clin d'œil de Léa. Je lève les yeux au ciel. OK, c'est parti. Nous allons prendre Alix à son propre jeu. En tenaille.

Moi : C'est quoi, zoulou ?

Alix : GMT. Vous...

Léa, sans lui laisser le temps de finir : Hein, quelqu'un a un décodeur ? Je capte pas, là...

Alix : Oh, les filles ! C'est marrant cinq minutes. Depuis le temps, vous pourriez me lâcher avec le zoulou...

Léa : *Quel* Zoulou ?

Moi : Tu ne savais pas ? Alix a un nouvel amant. Zoulou. Elle l'aime presque autant qu'Alfred.

Léa, d'un air conspirateur : Ah ! Dis donc, c'est vrai qu'ils ont une grosse...

Alix, commençant à s'impatienter : ... Montre. Une grosse montre de pilote. Avec des cadrans partout. Incompréhensible pour des profanes comme vous. Je vous parle de *l'heure* zouloue, bande de pommes indécrottables. Il est actuellement... – elle consulte l'engin qu'elle porte au poignet – dix sept heures. Cinq heures. De l'après-midi. Zoulou.

— L'après-midi zoulou. Tiens, c'est joli. Ça ferait un beau titre de roman...

— On dirait du William Boyd...

Alix nous regarde avec circonspection.

— De toute façon, c'est l'heure du thé.

Limite. Prise d'une soudaine envie de bouger, Léa pose son magasine sur la table.

— Non. De l'apéro. Pastis ou whisky ? Marianne, t'es toujours au Paddy ?

— Normalement... Je devrais prendre un verre d'eau, avec le bébé... Mais... Oh ! Allez, fais-moi un Paddy. Mais petit, hein ?

— Qu'est-ce que tu peux être faux cul quand tu t'y mets ! Je te sers un Paddy normal et tu boiras ce que tu veux. Et toi, Alix ?

— Pastis. Ça va me remettre les idées en place. T'as pas des cacahuètes ? J'ai faim.

C'est trop injuste. Alix est tout le temps en train de grignoter et elle ne prend pas un gramme. Léa ouvre un paquet de noix de cajou et le verse dans un bol. Stoïque, je résiste.

— Alors, Léa, au fait... où en est ton bouquin ?

— Ben... tu sais que j'ai dû laisser tomber le sujet sur Andy...

— Andy qui ?

— Warhol, le mec qui trouvait qu'une Marilyn, ça suffisait pas, alors il en a fait plein de toutes les couleurs. Pareil pour Mao, pareil pour les vaches...

— Mais il est malade ! C'est un danger pour l'équilibre de la planète, un gus pareil !

— De toute façon, il est mort...

Tant pis, c'est trop tentant. Je croque une noix au goût de péché.

— Et tu voulais faire un livre sur lui ?

— Pas vraiment sur lui. Je voulais lui rendre hommage en utilisant ses propres principes artistiques. Tu vois, j'aurais pris une phrase, un truc qui rappelle notre société, genre, je sais pas, moi, « où sont passés les hommes ? », par exemple... Et je l'aurais écrite de toutes les couleurs, dans toutes les typos, avec des illustrations de petits mecs planqués dans les coins, un peu comme la coccinelle de Gotlieb...

— C'est vraiment con comme idée...

Alix a raison. Qui va vouloir acheter un truc pareil ?

— Et ton livre de cuisine basque ? Moi, j'étais restée là-dessus...

— La bonne femme qui me filait les recettes est morte...

— Pas de bol !

— En un sens, si, c'était une ex de Peïo qui mijotait un come-back. Enfin, maintenant, je me suis lancée dans le roman. Un autre whisky ?

Franchement, je ne devrais pas. Si Jean-Phil me voyait...

— Un fond, alors...

Elle nous ressert un Paddy, et un pastis pour Alix. Je prends une poignée de cajous. Au point où j'en suis...

— Si tu écris un roman, il faut absolument que je te fasse rencontrer Steven. Il t'achètera les droits, et tu feras un carton !

— Tu veux parler du Steven d'E.T. ? Mais mon truc ne sera jamais assez bien pour lui !

— Pff... T'en fais pas. En ce moment, il achète n'importe quoi. Et il adore les Français, alors... la prochaine fois qu'il est sur mon vol, je lui en parle.

— Non ? Tu déconnes ! Tu le connais ?

— Tu parles. Il est très souvent sur le LAX. Los Angeles. Et il veut toujours venir dans le cockpit pour faire l'atterrissage. Très marrant, comme mec. Un grand gosse...

Léa rajoute une bûche dans le feu en pensant à son roman. Pas une mauvaise idée, après tout. Le héros pourrait travailler dans la pub, cracher dans la soupe et manger des Mentos... Oui... Elle n'a plus qu'à l'écrire...

Ce matin est extraordinaire. Je suis réveillée par des odeurs de café, de pain grillé et d'herbes coupées. Les fenêtres et les portes de la maison sont grandes ouvertes. On entend le dernier Cabrel, le barde baba insidieusement transformé en pop star bio. La reprise d'un slow d'Otis

Redding. Romantique. Je me demande où est Jean-Phil en ce moment. Sans doute chez lui, en train d'écrire. Parfois je l'envie d'être un artiste. Il est tellement libre. C'est peut-être pour ça qu'il ne veut pas s'attacher... Je secoue la tête. Comme si cela suffisait à le chasser de mes pensées. Dehors, il fait beau malgré l'heure matinale. La météo s'est encore trompée.

Dans la cuisine, Léa et Peïo sont assis face à face à un bout de la table. Ils contemplent la fumée au-dessus de leurs bols. Leurs mains se touchent. Ils se sourient. Ils ne parlent pas. Jamais le matin. Jamais avant le café. Ce moment est un no man's land où ils réapprennent à vivre en société après l'intimité de la nuit.

Je refrène mon envie de claironner un « bonjour » tonitruant, et les salue d'un regard. Coup d'œil de Peïo, très bleu. Ce mec est de plus en plus beau, avec sa barbe de trois jours et ses cheveux grisonnants. Il porte une culotte de cheval en coton beige, des boots avec des chaps en cuir et une chemise de lin bleu ouverte sur son torse velu. Il ressemble à un nounours habillé par Ralph Lauren. L'homme des bois comme on en rêve. Fruste. Nature. Franc. Il doit faire de ces trucs à Léa... En tout cas, elle a l'air d'aller beaucoup mieux que la dernière fois.

La confiture est délicieuse. Il reste de gros morceaux de fruits. A mi-chemin entre la marmelade et la compote. Alix vient s'asseoir silencieusement à côté de moi. Pas fraîche-fraîche. Elle a les yeux rouges. On dirait qu'elle a pleuré.

— Ça ne va pas ?

Je chuchote. Elle me répond si bas que j'ai du mal à l'entendre.

— J'ai mal dormi... J'ai oublié ma mélatonine, et là je me prends le jetlag en pleine poire...

— Mais... Tes yeux... C'est comme si...

Je mesure mes mots, pour ne pas la vexer. Alix a un

ego tellement surdimensionné que tout accès de faiblesse lui paraît inavouable. Même à moi. *Surtout* à moi ?

— Tu n'aurais pas *pleuré*, par hasard ?

Silence. Le temps pour elle d'apprécier ce que j'ai deviné, avant de se jeter à l'eau.

— Pas vraiment. Un peu. J'ai gambergé. Tu sais, j'étais avec Alfred la semaine dernière...

— L'amant américain ?

— Oui. Et j'ai réalisé un truc. On était dans sa chambre, en train de baiser à couilles rabattues, tu sais, entre midi et deux... Et il y avait des photos de sa femme et de ses gosses partout... Il vient d'avoir son troisième, une petite fille qu'il a appelée Alix, ce con...

Je vois ça d'ici. Une pièce meublée avec goût en haut d'un gratte-ciel, quelques beaux tableaux, un grand lit et, dans leurs cadres en argent, de petits visages innocents souriant à leur papa qui s'agite au-dessus d'une *autre dame*... Même si c'est mon fonds de commerce, l'adultère me fait horreur. Je n'ai aucune compassion pour Alix sur ce coup-là.

— Et alors ? Tu nous as toujours dit que ça te rassurait de voir les photos des familles de tes amants. Comme ça tu étais sûre qu'ils n'allaient pas te demander en mariage.

— Je sais bien. Mais j'ai réalisé que j'avais bientôt quarante balais, un excellent job, pas mal d'argent, trois amants comme Cadet Roussel et paradoxalement personne avec qui faire un môme. Et le pire, c'est que je ne sais même pas si je peux encore en avoir...

Elle délire. Ça doit être le décalage horaire. A force, ce n'est pas bon.

— Hein ?

— Ça fait un an que j'ai enlevé mon stérilet...

— Quoi ? Mais tu es folle ! C'est comme ça qu'on attrape des bébés !

— Justement ! Si je ne le fais pas maintenant, je vais dépasser la DLC. Alors je me suis dit, ces types-là, je les connais, ils feraient des géniteurs sympas, au fond *why not ?* Je peux tomber enceinte sans savoir qui est le père, je ne dis rien à personne et le tour est joué. Sauf que ça ne marche pas...

Dépasser la DLC. La date limite de consommation, comme sur les pots de yaourts. Parfois, Alix a quand-même une manière un peu froide d'aborder les choses de la vie.

— ET SI T'EN PRENAIS UN AU PIF ?

Léa. Du fond de son silence, elle a tout entendu. Peïo est sorti longer un poulain et elle a remis sa carte-son.

— Comment ?

— Ben oui. Tu veux un bébé mais pas le type qui va avec. Je parie que c'est pour ça que ça ne marche pas avec tes attitrés. Au fond, tu les aimes bien tous les trois, tu ne vas pas leur faire un enfant dans le dos. Pas à eux. Et puis comment choisir un père quand tu n'es même pas capable d'avoir un seul mec ? Tu voudrais faire un petit cocktail des trois ? Impossible, ma vieille, dans l'état actuel de la science, ça ne se fait pas. Non. Je vais te dire, le mieux c'est de suivre ta température, faire tes courbes, et hop ! Quand c'est le moment, t'en prends un que tu ne connais pas, au pif, pas trop moche et pas trop niais, vous partez en vacances et... voilà. Après, tu le largues et on n'en parle plus. Simplement, prévois large pour couvrir toute ta période d'ovulation.

Elle ne croit pas ce qu'elle dit, Léa ! Aller chercher un... une sorte *d'inséminateur*, oui, c'est bien le terme, à l'aveuglette, sans introductions ni préliminaires... C'est un peu hard. Voilà ce que ça donne de vivre au milieu des chevaux... Pourtant, à voir son expression admirative, Alix n'a pas l'air de trouver le concept politiquement incorrect.

— T'es vachement technique, dis donc ! On dirait que tu t'y connais.

Une ombre dans les yeux de Léa...

— Oui. Mais pour moi, ça ne marchera sans doute jamais. Et pourtant, j'ai le bonhomme. La vie est mal faite, non ?

— Tiens, au fait, Jean-Phil a téléphoné...

Venant de Peïo, la nouvelle me paraît totalement incongrue. Il parle de Jean-Phil comme s'il le connaissait, et sa désinvolture laisse à penser qu'il est au courant de toute notre histoire.

— Tu sais que je le connais ?

Bien sûr que non ! Une lueur amusée passe dans son regard bleu.

— Pendant dix ans, ses parents ont loué la maison sur la place du fronton. C'est moi qui lui ai appris à jouer à la pala... Et... tu as vu la vieille jument, là-bas... celle qui est toute seule dans le paddock ? eh bien, c'est sur elle que mon père l'a mis en selle pour la première fois... Il était mort de peur !

Les lèvres de Peïo s'entrouvrent dans un sourire. Perdu dans ses souvenirs, il est de nouveau le petit garçon qui partageait son gâteau basque avec Jean-Phil dans la maison du fronton.

— On avait quoi ? Huit, dix, douze ans ? Après ils ne sont plus venus et je l'ai perdu de vue. Mais je garde de ces étés un goût de bonheur complet... Je suis content de l'avoir retrouvé.

Le monde est petit. Tout petit.

— C'est fou comme le monde est petit...

Alix et Léa débarquent avec nos sacs.

— Allez, Marianne. Il faut y aller. Sinon vous allez rater le microcosme-express !

Léa me prend dans ses bras.

— Tcho, ma vieille. Et sois sage.

Elle ouvre la portière. Au moment où je monte dans la voiture, et à ma grande surprise, Peïo m'embrasse sur les deux joues. Comme si le fait qu'il ait connu Jean-Phil avait fait naître entre nous une nouvelle complicité. Sur le moment, je ne fais pas attention au regard que me lance Léa, mais je sens deferler sur moi l'onde furieuse d'une colère larvée. Peïo nous fait des signes de la main. Je baisse la vitre en passant la marche arrière.

— Marianne, Marianne ! Euh... Peut-être que la prochaine fois... on pourrait lui dire de venir !

Je souris à cette idée. Peut-être... Mais ça risque de rendre les choses difficiles avec les filles.

— Qu'est-ce que vous avez tous les deux ?

La voix d'Alix me fait redescendre sur terre. Je me tourne vers elle, manquant de justesse un tracteur.

— Quoi ?

— Toi et Peïo... Tu n'envisages pas de te le faire, quand même ?

J'éclate de rire devant l'énormité de ce qu'elle vient de dire. *Moi et Peïo !* Il est l'homme de Léa, et *jamais*, même sur une île déserte, je n'y toucherais. Et puis j'ai Jean-Phil.

— Ne dis pas de conneries !

J'ai presque crié.

— Le prends pas mal, ma vieille. Je disais ça comme ça... Léa m'a paru un peu agacée, c'est tout. Je me demandais si tu t'en étais aperçue.

L'œil noir. L'énergie négative. Tout devient clair à présent.

— Tu crois qu'elle serait *jalouse* ?

Alix ne répond pas.

— Remarque, ce serait normal. Toutes les femmes le sont. Mes clientes... tu ne peux pas savoir. A croire que c'est dans notre nature. Ça vient avec le package XX. On n'y peut pas grand-chose, au fond. Et puis avec un mec comme Peïo...

— Tu vois, tu recommences !

— Arrête, tu veux ? Ça devient vraiment lourd !

Le visage fermé, je me concentre sur la route. Alix me tourne le dos en maugréant et fait mine de dormir jusqu'à la gare.

Le train était plein de vieux et de chiens. Les uns meublant en silence la solitude des autres. Et inversement. Même abandon, même dodelinement de la tête, même manière un peu détachée de regarder défiler le temps. A force... A la maison, Jean-Phil avait préparé un navarin d'agneau aux petits légumes. Ça sentait bon. Bizarrement, il était en caleçon et en chaussettes, avec un patch Nivéa sur le nez.

— Salut ! Je... Je ne t'attendais pas aussi tôt.

Il a enlevé le patch. J'ai retiré les chaussettes et le caleçon. Et je l'ai retrouvé conforme à l'image que je me faisais de lui.

Jean-Phil a voulu que je lui raconte mon week-end. Notre week-end. Ça m'a paru un peu bizarre de partager avec lui nos moments de filles, mais j'ai senti qu'il avait besoin de savoir. Connaître les limites de mon jardin secret pour arriver à se trouver une place. Sa place à lui dans mon univers, entre le boulot, les copines et... et bientôt, l'autre. Le bébé. Ça commence à faire beaucoup de monde...

J'ai hésité au début, je lui ai parlé du temps, des odeurs, de la maison. Avec l'impression de trahir des secrets qui ne m'appartenaient pas complètement. Il m'a demandé comment était Peïo, s'il avait changé. Je suppose que oui, il n'est sans doute plus le même que quand il avait douze ans. J'ai décrit Peïo et il a souri. Du coup, j'ai décrit Léa aussi, qu'il n'a jamais vue. Et Alix. J'ai raconté l'histoire d'Alix. Qui, à force de privilégier sa carrière se retrouve à quarante ans sans enfant et sans homme pour le concevoir...

— Alors qu'est-ce que tu en penses ?

Il m'observe intensément.

— De quoi ?

Toujours ses yeux plantés dans les miens. Et la question qui n'en est pas une. Il sait très bien de quoi je veux parler et réfléchit à la façon de répondre.

— De choisir un père au hasard...

Il se frotte le nez et fronce les sourcils.

— Je trouve ça triste. Egoïste. Contre nature... Il faut être deux pour faire un enfant. Mais à son âge elle n'a plus le choix. Ou plutôt si : elle a toujours la possibilité de ne *pas* en avoir. *Avec qui* n'est pas la question. La question est si *oui ou non* il est moral de faire cet enfant. Toute seule. Mais au fond, peut-être qu'elle s'en fout !

— Pourquoi tu dis ça ?

— Parce que d'après ce que tu me racontes, c'est une grande fille. Elle aurait pu y penser avant.

— Mais il fallait qu'elle bosse ! Tu n'imagines pas la vie qu'elle mène avec son job !

Sa réaction me surprend. Il fait preuve d'une froideur que je ne lui connais pas.

— Vous êtes vraiment extraordinaires, vous les bonnes femmes ! Vous voulez qu'on vous traite en égales, et en même temps conserver tous les avantages d'appartenir au sexe faible...

Macho. Il a dit ça parce qu'il sait que ça me met hors de moi. Le sexe faible...

— Si ta copine a décidé de faire une carrière de mec, c'est *son* problème. Mais qu'elle ne vienne pas ensuite pleurnicher avec ses fantasmes de gros ventre. Parce qu'on ne l'a pas attendue pour repeupler l'humanité. Des femmes qui veulent être mères dans des conditions normales, il y en a plein... Et puis envisager de priver son enfant de père juste parce qu'elle n'a pas eu le *temps* de nouer des liens, je trouve ça vraiment infect... Parfois, je me demande si vous n'êtes pas complètement en train de péter les plombs, vous les bonnes femmes...

Je le regarde avec des yeux ronds. La logique voudrait que je réagisse, que je fasse preuve d'un peu de solidarité féminine, que je m'insurge contre cet accès de machisme, mais non. Je suis incapable de me mettre en colère parce que je sens bien qu'au fond, d'un point de vue strictement masculin, il a raison. On n'y pense pas, trop occupées à revendiquer des droits qui finiront par nous emprisonner. Mais... Et si les hommes étaient blessés par notre attitude d'amazones post-féministes ?

— Enfin... Heureusement que toi, tu n'es pas comme ça...

D'une main, il remonte une mèche tombée devant mes yeux.

— Tu n'es pas comme ça... dis ?

J'ai trente-six ans, bientôt trente-sept. Quoi qu'en dise Alix, il reste encore un peu de temps avant le cap de la quarantaine. Maintenant, sur ma table de chevet, en plus de *Sun Tzu*, il y a *L'Art de la guerre*, *J'attends un enfant*, et *Madame la P-DG a fait un bébé*... Parfois, je n'ai plus besoin de lire pour m'endormir.

Ironie du sort : neuf mois exactement après le Grand Pétage de Plombs de Léa, me voilà à la maternité de L'Immaculée Conception – il fallait le faire ! – pour mettre au monde un petit garçon. Il est sept heures du matin. Une vieille blonde en blouse rose avec un portable à la ceinture et un stéthoscope entre les seins me donne un Valium tandis qu'un infirmier martiniquais construit comme Ben Johnson me hisse sans effort sur une table roulante. Le seul truc un peu gênant, c'est que je suis toute nue alors que les autres sont habillés. Avec mon ventre en forme de taupinière, je ne dois pas être très sexe.

Dans un grand bruit de portes, on me pousse à travers des couloirs interminables peuplés de zombies et de machines à café.

— C'est la mauvaise heure, me dit la vieille blonde qui trottine à mes côtés. Les fatigués, c'est l'équipe de nuit qui termine et les pas réveillés c'est l'équipe de jour. Avec tous les bébés de l'an 2000, on a des horaires d'enfer dans le service... Enfin, vous inquiétez pas, le temps de faire la péridurale, tout sera rentré dans l'ordre !

Arrivé à destination, le Martiniquais claironne :

— Oh ! Agnès, peuchèreu, voilà ta maladeu ! avec le plus bel accent de la Canebière.

C'est marrant comme on peut se tromper sur les gens...

— Vous n'avez pas froid ? me demande Agnès. (Et sans attendre ma réponse :) Dis-donc, Marius, t'aurais pu lui enfiler une blouse !

Marius, maintenant. On est en plein Pagnol. Il ne manque plus que les grillons. Et le pastis. Et les olives. Au lieu de quoi, Agnès me tend un oreiller :

— Bon. On y va. Sinon, on va être en retard et le docteur Melchior ne sera pas content. C'est qu'il a beaucoup de travail, vous savez, avec tous les bébés de l'an 2000 ! Allez, tenez ça dans vos bras, faites le dos bien rond... Respirez à fond... Lentement... Détendez-vous...

Elle en a de bonnes ! Comment peut-on se détendre face à une aiguille de cinquante centimètres ? Et si elle me loupe ? Si je reste paralysée ? Qui va prendre mon job ? Et si l'aiguille n'est pas stérile ? Si...

— Détendez-vous ! Je ne trouve pas les vertèbres...

Tiens, j'ai raison de flipper... Ouille ! Elle a trouvé, la vache. Une piqûre digne de la reine des abeilles et la chaleur du liquide anesthésiant qui se répand dans mon dos. Je tremble comme une feuille. J'ai froid.

— Voilà, c'est fini. Vous avez froid, c'est normal. On va vous mettre une couverture et Marius va vous monter. Ho ! Marius !

— Il est à la machine à café !

— C'est pas le moment ! Allez me le chercher, Melchior attend !

Melchior est mon gynéco depuis des années. Il m'aime bien parce qu'il vient d'épouser une femme dont j'ai plumé le mari. Grâce à moi, ils ont une jolie maison dans le Sud-Ouest, juste à côté de chez Léa.

— Aïe... Aïe, aïe, aïe !

J'ai crié. Sans m'en apercevoir. Melchior se redresse.

76

— Qu'est-ce qu'elle a ?

— Sais pas.

— Agnès, anesthésie ?

— OK.

— Pierre, électrocardiogramme ?

— OK.

— Tension ?

— OK.

— Monitoring ?

— OK.

— Bon, alors qu'est-ce qu'elle a ?

— J'AI OUBLIE MON PORTABLE !

J'ai dit ça comme ça. Un réflexe. Pour me donner une contenance. Me raccrocher à quelque chose que je connais. J'ai très peur.

— Hein ?

Les visages masqués se tournent vers moi comme un seul homme. Bravo pour la synchro. On dirait un ballet d'Esther Williams.

— Mais vous n'avez pas besoin de portable ! Vous êtes en train d'accoucher !

— Justement ! Je dois trouver un portable tout de suite ! Je dois prévenir quelqu'un !

— Mais ça peut attendre ! On allait sortir le bébé, là...

— Oui mais le quelqu'un en question sera très intéressé par le fait que vous sortiez le bébé, là, parce que c'est... euh...

J'invente n'importe quoi. La panique. Je me sens au bord d'un gouffre, toute seule pour accueillir ce... l'autre... le bébé.

— Les marraines.

Alix et Léa. Où sont-elles ? Et Jean-Phil ? Pourquoi est-il resté dans la chambre ? Ah oui ! Nous avons décidé qu'il n'était pas bon pour notre imaginaire sexuel qu'il me voie les jambes écartées en train de mettre bas... C'est de ma faute. J'ai mal. Non, ce n'est pas vrai. J'imagine la douleur rien qu'à l'idée de ce que je suis en train de faire. Mon corps se déchire. D'une toute petite voix, je réclame encore mon portable. Léa, Jean-Phil, Alix... Si seulement je pouvais leur parler... Je *veux* qu'on me parle... J'ai besoin d'entendre le son d'une voix amie. Au lieu de quoi...

— Elle commence à nous pomper avec son portable, ta malade, Melchior !

— Gaffe ! Elle est avocate. Et c'est une bonne, en plus. Tout ce que tu dis pourra être retenu contre toi...

— M'en fous ! Avocate ou pas, on est là pour bosser. Je vais te dire, je préférais quand il n'y avait pas la péridurale. Au moins, pendant qu'elles braillaient, on n'était pas emmerdés par les gonzesses... Demander un portable, franchement... Tiens, regarde... Voilà le petit...

Son premier cri, à peine plus fort que le miaulement d'un chaton... On me tend une petite chose perdue dont le réflexe immédiat est de chercher le réconfort de mon ventre. Aux mains qui s'affairent autour de moi, au kleenex qui se balade sur mes joues, aux voix qui disent « chuut ! Ça va aller... Là... », je m'aperçois que je pleure comme une folle. Tous les doutes que j'ai pu avoir font place à une certitude : je serai une mère pour cet enfant-là.

Jean-Phil m'attend dans la chambre, à l'endroit où je l'ai laissé. Il a simplement déposé un bouquet d'iris dans un vase devant la fenêtre. En me voyant, il ferme ce qui semble être le manuscrit d'une pièce de théâtre et le pose sur la table à côté de moi

— Tiens, je t'ai apporté de la lecture. J'aimerais bien avoir ton avis.

Il se penche vers moi.

— Ça va, toi ?

Sa voix est très douce. Il se pose sur le rebord du lit et me regarde avec curiosité, comme s'il s'attendait à me trouver changée.

— Tu te sens comment ?

— Je... je ne sais pas. Normale. Fatiguée.

Emue. Une irrésistible envie de pleurer. Les hormones... Jean-Phil me caresse les cheveux.

— Mais... Est-ce que tu te sens... différente ?

— Non... J'ai un moins gros bide, c'est tout. Et encore !

Il sourit. Sa main joue avec mes doigts.

— Je viens de réaliser un truc... C'est le dernier moment que nous passons tous les deux, seuls... avant longtemps.

Qu'entend-il par-là ? Serait-il comme certains hommes, jaloux de l'enfant qui va accaparer la mère durant les premiers mois ? Aurait-il peur pour notre couple ? Epuisée, je relègue ces questions dans un coin de mon disque dur et ferme les yeux. La morphine aidant, je sombre dans l'inconscient. *L'inconscient... Je cours sur un quai de gare. Jean-Phil est derrière moi. Arrête, arrête ! Il m'appelle. Je cours toujours. Marianne, attends-moi ! Je l'ignore. Le train prend de la vitesse et finit par disparaître. Seule au bout du quai, je me retourne. Jean-Phil n'est plus là. Et j'ai raté le train.*

— Vous avez une visite. Je la fais entrer ?

L'infirmière passe la tête dans l'embrasure de la porte. Une visite ? Je jette un coup d'œil à Jean-Phil. Il hausse les épaules. Alix déboule en trombe dans la pièce.

— T'aurais pu nous prévenir, quand même !

Ni bonjour, ni félicitations, ni bisou... Elle a le visage fermé des jours où elle ne veut pas communiquer.

— Mais... Mais je ne pouvais pas savoir ! Comment voulais-tu que je sache ? Et puis ils n'ont pas voulu me donner de portable !

— T'as bien eu le temps de prévenir ton *mec* !

Elle se tourne vers Jean-Phil et lui adresse un signe mi-sourire mi-raisin.

— Ce n'est pas la même chose.

Je l'ai dit sans y penser, comme une évidence. Ça la met hors d'elle.

— Ben voyons ! Moi, ça fait trente ans que je te soutiens et que je te supporte. J'ai été ton père, ta mère, ta sœur, ta meilleure copine, ton chien... J'ai toujours été là pour toi. Et Léa aussi. Et lui, là-bas, il ramène sa fraise et on n'existe plus. Comme tous ces mecs qui se servent de leur bite comme d'une baguette magique pour faire disparaître le monde autour d'eux. T'aurais quand même pu nous prévenir, ma vieille ! T'es la première à avoir un bébé et tu nous laisses en dehors...

Faux. J'allais justement les appeler. Mais elle m'en veut d'avoir fait passer Jean-Phil en premier. *Avant* elle. Et avant Léa. Mais qu'est-ce que ça peut lui faire, de toute façon, je l'aurais prévenue. Ce n'est pas de ma faute si elle a une tumeur de l'ego. D'un autre côté, je peux la comprendre. Ce premier enfant représente aussi quelque chose pour elle. Elle aurait voulu être là... Un silence gêné s'installe entre nous, plein de rancœur et d'amertume. Je me sens mal, tiraillée entre deux pôles aussi légitimes l'un que l'autre.

— Je...

Je cherche à me justifier, je commence à culpabiliser. Jean-Phil arpente la pièce en silence. Toujours assaillie de sentiments contradictoires, je ne sens pas Alix s'approcher.

Je sursaute quand elle me donne une petite tape sur l'épaule. Son visage a pris une expression toute neuve.

— Tu verrais ta tête, ma vieille...

De minuscules fossettes se creusent dans ses joues. En vain, elle essaie de les réprimer et finit par éclater de rire. Cette fille n'est pas sérieuse.

— Je t'ai bien eue, hein ? T'y as cru à mon cheese-cake...

Il me faut quelques secondes pour comprendre. Alix s'est fichue de moi. Sa grande scène n'était que de la comédie. Ou... C'est en tout cas ce qu'elle veut me faire croire maintenant. Trop contente d'avoir une porte de sortie, je décide de jouer le jeu.

— T'es vraiment...

Je ne trouve pas mes mots.

— T'es vraiment...

Oh et puis zut ! Elle est ce qu'elle est et surtout elle est là, c'est le principal.

— Mais... comment as-tu su ?

Des verges pour me faire battre. Même si elle prétend s'être moquée de moi, je parie qu'Alix n'est pas loin de penser tout ce qu'elle m'a dit. Je la connais.

— C'est Jean-Phil. Il m'a appelée ce matin, je rentrais d'un Los Angeles direct et... Bref, j'ai pris une douche, prévenu Léa...

Elle regarde sa montre.

— ... qui en ce moment même doit être dans l'avion et... voilà. Alors, Où est la petite chose ?

— Il arrive. On lui fait les premiers tests.

— Le pauvre. Des tests. Déjà...

Jean-Phil s'assied sur le lit à côté de moi, tandis qu'Alix s'affale dans un fauteuil en skaï marron typique de l'ameublement hospitalier. Pas pour longtemps.

— Ah ! Tiens, voilà la merveille !

L'infirmière me tend le bébé. Jean-Phil nous observe. Sans un mot, sans un geste.

— Oh ! Qu'il est petit ! On dirait toi en miniature !

— Mais non ! C'est tout le portrait de Jean-Phil...

— Pas du tout. Il a ton nez. Regarde, là... Un peu crochu...

J'adore l'humour d'Alix. Déjà que je me sens très moche avec mes grosses mamelles et mes fesses qui plissent, ce n'est pas la peine d'en rajouter une louche en agressant mon nez. Il est très bien, mon nez. C'est le même que celui de Vladimir Horowitz.

Enfin prêt à dealer avec ses sentiments, Jean-Phil prend son fils. Il est si petit qu'il tient dans ses mains. Il le serre contre lui, tout ému. Ma gorge se noue. Je tends la main pour les toucher. Alix se lève.

— Bon, les colombes, je vous laisse avec votre oisillon. Je repasserai demain avec Léa. Marianne, repose-toi. Allez, tcho !

— Tcho !

— Tiens, au fait, comment vous allez l'appeler ?

On se regarde, Jean-Phil et moi...

— Heu... On ne sait pas encore.

— On te dira demain.

— OK ! Allez, tcho !

— Tcho !

Ses mains sont posées sur le drap bleu comme de minuscules étoiles. Au milieu de son visage de lune, deux grands yeux blonds semblent porter toute la sagesse de l'univers. Il me regarde sans vraiment me voir, il ne doit distinguer qu'un vague contour... Quand je le prends dans mes bras, il se blottit contre mon sein en essayant de retrouver une odeur familière. Il tête alors tout ce qu'il trouve en poussant de petits soupirs joyeux. Mais je ne sais pas s'il peut déjà éprouver de la joie. Sa peau est tendre comme une caresse, je le sens totalement fragile et totalement offert. J'ai envie de le toucher, de l'effleurer, de le renifler, de lui parler, de l'embrasser, de le prendre dans mes mains et de le serrer contre moi.

Le plus dur, c'est de trouver la force d'admettre que je ne le porte plus, que je ne le sentirai plus bouger dans mon ventre. J'éprouve un sentiment de vide, de frustration, même quand je pose la main au-dessus de mon nombril et qu'il ne se passe rien. Plus de coups de pied, plus de petite dune. Rien que de l'air. Je tourne la tête vers le berceau de plexiglas. L'enfant est là, qui dort comme seuls les bébés savent le faire. C'est mon enfant. Petite boule d'amour indéfectible. Il attend tout de moi. Il est prêt à tout recevoir. J'ai peur.

Je lis quelques pages du manuscrit déposé par Jean-Phil. Ça s'appelle *Un diamant dans la boîte*. Jamais entendu parler, ça doit être sa nouvelle pièce. L'action se passe dans une chambre d'hôpital où un homme en habit blanc offre une bague à une jeune femme pour la demander en mariage. Assez curieusement, après la première scène, toutes les pages sont blanches.

Je ne peux pas vraiment me rendre compte, parce que la chambre est climatisée et exposée au nord. Mais d'après les tenues des visiteurs qui déambulent dans le parc – je donne sur un parc, ou plus exactement sur un grand marronnier plein de pigeons qui pousse dans un parc –, il doit faire beau et chaud. Ou le contraire.

Alors vous imaginez ma stupeur quand je vois débarquer Jean-Phil en costume de lin blanc avec des gants... beurre frais.

— Tu es très chic, aujourd'hui. On dirait Luis Mariano !

Ou quelqu'un d'autre. Mais qui ?

— Salut, ma chérie !

Il me tend un énorme bouquet de roses, les reprend pour les mettre dans un vase et sort de sa poche une petite boîte bleu turquoise. Je reconnais immédiatement la maison. Très bonne maison qui a pignon sur les plus belles avenues du monde. Les vieilles Américaines donnent son nom à leurs chats et les jeunes Françaises à leurs filles.

— Qu'est-ce que c'est ?

— Pour toi. Une bague. C'est un peu classique mais tu m'as dit que tu aimais les diamants.

Un diamant dans la boîte ! Comme la pièce. Mais alors...

Il prend ma main gauche, la serre un peut fort... Il a la paume moite, il tremble et je sens qu'il va dire une bêtise... Et voilà, ça y est, il me passe la bague à l'annulaire et il le dit :

— Ma chérie, est-ce que tu veux m'épouser ?

Je suis cuite. Prise au dépourvue, je n'ai pas su décrypter son message et je n'ai pas de réponse. Si seulement il avait écrit ne serait-ce que quelques lignes de plus, ça aurait pu me donner une idée. C'est lui l'artiste, après tout. Mais non. Il a besoin de *moi* pour remplir ses pages blanches.

Est-ce que je veux l'épouser ? Franchement, je n'en sais rien. On n'en a jamais parlé. On ne partage pas encore le même appartement. Enfin, officiellement. On passe beaucoup de temps à la maison, mais Jean-Phil a tenu à garder son studio. Et maintenant le voilà avec sa question blanche – c'est le cas de le dire –, à laquelle il attend une réponse immédiate. Et enthousiaste. *Est-ce que je veux l'épouser ?* Peut-être. Peut-être pas. On n'est pas obligés de décider tout de suite. Ce n'est pas comme si on s'apprêtait à acheter le dernier macaron au chocolat chez Ladurée. *Est-ce que je veux l'épouser ?* Moi qui passe ma vie à désépouser les autres. Est-ce que je suis prête à sauter ce pas ? Pff...

— Ah ! Mais le papa est là ! Tenez, asseyez-vous dans le fauteuil, c'est vous qui donnez le biberon !

La vieille en rose – qui décidément me fait penser à un pot de fleurs – surgit dans la chambre et plante le biberon dans les mains de Jean-Phil. Pour une fois, je lui suis reconnaissante de son interruption. Jean-Phil esquisse un geste de recul, surpris.

— Euh... Mais je ne l'ai jamais fait, moi !

— C'est facile. Il faut simplement faire bien attention

de toujours soutenir la tête du bébé. C'est tout mou à cet âge-là. Voilà. Et ne le faites pas téter trop vite, vous pourriez le regretter.

Il me regarde, je l'encourage d'un mouvement de tête, il cale le bébé dans le creux de son bras et entreprend de lui administrer son deuxième biberon de la journée. J'ai soixante millilitres pour décider si je veux l'épouser.

Bon. Alors oui ou non, est-ce que je veux l'épouser ?
– Inviter des copains et faire une fête ? Oui.
– Inviter *ses* copains et faire une fête ? Ça dépend des copains.
– Inviter ses ex et faire une fête ? On ne peut pas faire la fête avec ses ex.
– Acheter – et porter – une robe blanche avec une couronne, un voile et un jupon en tulle ? Bof... Mais pour quelques heures, je peux bien faire l'effort. Oui.
– Assister à une messe ? Non.
– Déjeuner tous les dimanches chez sa mère ? Non.
– Passer des vacances dans sa maison de famille (Sud-Ouest) ? Oui.
– Passer des vacances dans sa maison de famille *avec* sa famille ? Non. Surtout avec sa sœur. C'est une méduse et j'ai horreur des méduses. Elles piquent.
– Laver ses chaussettes ? Ah non ! Et puis quoi encore ?
– Coucher avec lui tous les soirs ? Oh oui !
– Coucher avec lui tous les soirs pendant vingt ans ? Mauvaise question. Au bout de trois mois, c'est quatre fois par semaine et au bout d'un an une à deux fois. Il y a des stats.
– Porter son nom ? Bof...
– Me raser les jambes avec son rasoir pendant qu'il regarde le foot à la télé avec un patch Nivéa sur le nez ? Non. Cliché.

– Lui extraire ses comédons ? Non plus. Trop gore.

– Ne pas voir d'autre homme à poil pour le restant de mes jours ? Ça... C'est vraiment *ça* le mariage ?

Jean-Phil arpente la chambre avec une serviette sur l'épaule et la tête du bébé sur la serviette. C'est leur premier rot ensemble. Je les observe du coin de l'œil. Comme une lionne qui surveille son petit à la merci du grand mâle qui lui sert de père. Sa patte immense sur la tête de l'enfant. J'ai peur qu'il le casse. Mais non. Tout va bien. Ils ont l'air très concentrés. Pour l'instant, personne ne parle mais je sais que dès qu'il aura rempli sa mission, Jean-Phil va revenir à la charge. L'idéal serait que Léa et Alix arrivent assez vite pour me tirer d'affaire. D'ailleurs, qu'est-ce qu'elles fabriquent ?

Aïe. Jean-Phil repose le bébé dans son lit. Il sourit – à lui-même, au bébé, à moi ? –, s'approche du lit et me masse les épaules. Je me rétracte légèrement, prête à encaisser l'inévitable question.

— Dis donc... On va l'appeler comment ?

Alors là, il me surprend. J'étais tellement sûre qu'il allait me reparler pacsage que j'en reste bouche bée. Fine, l'approche. Content de lui, Jean-Phil renchérit.

— J'avais pensé à Arnolphe, tu sais, dans Molière...

— Oh non ! Ça fait penser à Schwarzie avec une petite moustache noire !

— Et Basile ?

— Ça fait microbe. Qu'est-ce que tu dirais de Briac ?

— T'as pêché ça où ? J'aime pas trop. Ça fait... malsain. Gérard ?

— Ah non ! Là, pour le coup, ça fait beauf ! Pourquoi pas Marcel, tant qu'on y est ?

Un silence.

— C'était le prénom de mon grand-père !

J'ai gaffé.

— Désolée. Mais tu comprends, ce n'est pas très beau. Ça fait T-shirt à trou-trous.

— Bon, alors Ian. On n'a qu'à l'appeler Ian. C'est moderne, c'est facile à prononcer dans toutes les langues. Parce qu'il faut y penser, avec l'Europe. T'imagines, le môme qui s'appelle, je sais pas moi, Germain... En anglais, ça donne Germaine. Il change de pays, il change de sexe...

— Oui mais Ian, c'est déjà pris. C'est un jules d'Alix.

Les yeux fermés, Jean-Phil semble plongé dans des abîmes de concentration. Lorsqu'il reprend la parole, sa voix semble venir de très loin.

— Bon. Alors on va l'appeler Jules. C'est bien, Jules.

Il pose sa main sur la tête du bébé, comme pour lui transmettre par le geste son nom de baptême.

— D'accord. Ce sera Jules. Si ça te fait plaisir...

La main devant la bouche, je dissimule un bâillement. Je dois être fatiguée. La preuve : pour la première fois dans ma vie adulte, je laisse un homme prendre pour moi une décision importante. Sans opposer la moindre résistance. Ou presque. Moi, Marianne, la terreur des maris.

L'azalée – voilà, j'ai trouvé à quoi elle me fait penser, l'infirmière ! – passe une tête dans l'embrasure de la porte.

— Il y a une grande dame qui vous demande dans le couloir. Je la fais entrer ?

Quelle question !

— Non, non, elle cherche un mari, elle est venue seulement pour mater les médecins !

— Hein ?

— Rien.

— Bon, alors je peux lui dire d'entrer ?

— Oui.

Elle baisse la voix comme pour me dire un secret.

— Je vous préviens, entre nous, elle a pas l'air commode. Elle porte un tailleur bleu marine, comme un uniforme, et tout un tas de dossiers. Et même un ordinateur. Un dimanche, vous vous rendez compte !

— Et vous, vous travaillez bien le dimanche !

— Oui, mais j'ai mes récupes. Et puis de temps en temps on fait grève...

Lasse de faire des longueurs devant la porte, Barbara, précédée de son ineffable 95 C, finit par rentrer. Retranché dans un coin de la pièce, Jean-Phil n'a pas les yeux dans sa poche. Forcément, avec sa veste marine bien ajustée et sa petite jupe assez longue pour couvrir l'essentiel tout en étant assez courte pour maintenir l'attention, cette fille cultive le look de Demi Moore dans *Harcèlement*. Et je parie qu'elle suscite les mêmes concupiscences. C'est le genre à ne pas utiliser *que* son cerveau pour réussir. Et ça m'énerve. Plus le fait que Jean-Phil la regarde alors que moi, je me sens grosse et moche au fond de mon lit. Ça m'énerve doublement.

— Hello tout le monde ! Où est la petite merveille ?

Et sa voix. Je déteste sa voix. Une voix de gorge, rauque, directement reliée au vagin.

— Tu parles de moi ?

— Ben non, du bébé. Il s'appelle comment, au fait ?

— Jules.

— C'est bien, ça fait empereur romain... Hou qu'il est mignon ! Il ressemble à sa maman ! Dis donc, c'est toujours tout ridé, un bébé, à la naissance ?

— Euh... Je crois...

— Et... sa tête... pourquoi elle est asymétrique ? Ça va revenir, ça, tu crois ?

Quand je disais qu'elle m'*énervait*, cette greluche. Elle est là pour m'apporter des dossiers, pas pour critiquer Jules.

— Bon. Barbara. Venons-en au fait. Qu'est-ce que tu m'apportes, là ?

— D'abord, ton ordinateur portable. Tu vas en avoir besoin. Et le cas Dubois *vs* Dubois. Sale affaire. Tu te rappelles ?

— Ben oui. Je n'ai quitté le bureau qu'avant-hier.

— C'est vrai. Mais il y a du nouveau. L'avocat de la partie adverse nous a contactés samedi pour dire qu'il allait demander la garde du gamin et une pension. Il a un dossier en béton.

— Il bosse le samedi, lui ?

— Qui ?

— L'avocat, là... Kramer...

— Faut croire.

— Ah bon...

Elle sort une lime et commence à se retoucher un ongle. Inutile, il est fichu. Cassé juste au bord, là où ça accroche à chaque mouvement avant de se retourner. Si elle ne le coupe pas ce soir, elle va perdre quelques paires de collants. Ou de bas. C'est vrai qu'elle porte des bas, cette méduse ! Elle me l'a avoué un jour à la cantine, au milieu d'un soliloque sur la manière de rendre les hommes fous de désir. Pour mieux les manipuler. Un peu ancienne méthode, mais professionnelle. Jusqu'au bout de ses neuf ongles laqués. Sans lever les yeux, elle demande :

— Alors, qu'est-ce que t'en penses ?

— De quoi ?

— De l'affaire, là...

— Il n'a aucune chance ! Depuis quand un homme obtient-il la garde de ses enfants, avec une pension en plus ?

— Depuis que les femmes bossent comme des dingues et gagnent plus de fric que leurs maris. Je te signale que ta chère cliente Mme Dubois est en voyage à l'autre bout du monde quinze jours par mois alors que son mec a installé son cabinet de pédiatre – pédiatre, en plus, tu vois le truc – chez lui. Dans son appartement. Il est là tout le temps. S'il y a un problème, c'est lui qu'on appelle. Le père, pas la mère...

Jean-Phil n'a pas non plus les oreilles dans sa poche. Il nous observe avec une curiosité d'ethnologue. Il adore mes histoires de bonnes femmes. Un jour, c'est sûr, il en fera une pièce. Consciente du regard du mâle, Barbara croise les jambes et se tapote la poitrine. J'ai envie de la gifler. Ou de lui tirer les cheveux.

— Et elle fait quoi, elle, déjà ?

— Hein ? Qui ça ?

— La Dubois... Je te rappelle que tu es venue pour *travailler*.

— Ah ! Euh... Elle est directeur financier dans une multinationale.

C'est vrai. J'y suis. C'est le bras droit du président d'une des plus grosses compagnies d'assurances. L'affaire est mal barrée...

— Ah oui. Le coup s'annonce mal. Je n'avais pas vu les choses sous cet angle...

— Normal. La grossesse, surtout à la fin, ça fatigue. On n'a plus tous ses réflexes...

Zen. Ignorer. Laisser passer. Ne pas relever. Je te revaudrai ça un jour.

— Et... qui est le juge ?

— Werner. Tu sais, le type qui a lancé le forum « Sauvez les hommes » sur Internet.

— Ouh là là ! Ce n'est pas bon du tout. On a tout intérêt à négocier un truc à l'amiable plutôt que d'aller au conflit. Tu peux joindre la cliente et m'organiser un rendez-vous pour... disons jeudi en huit.

Surprise, elle fronce les sourcils.

— Tu seras déjà rentrée ?

— Je n'ai *pas* le choix. Sinon *on* va me piquer ma place...

— Mais non, mais non... Qu'est-ce que tu vas chercher là...

Rire gêné. Démasquée, la businessgarce. Avec ses arguments en silicone et son esprit chaloupé.

— Bon, il faut que je file. J'ai rendez-vous avec Sylvain. Je te laisse le bébé.

Rendez-vous avec Sylvain ? Un dimanche ? Ça sent la promotion par intégration horizontale. Elle dépose les papiers sur la table de nuit. Pas très délicatement.

— Maintenant, t'en as deux. Allez, bonne chance. Salut !

Deux minutes après son départ, le bruit de ses talons résonne encore dans le couloir. Jean-Phil abandonne son poste d'observation pour venir s'asseoir sur le lit.

— La *vache* ! Quelle femelle !

Je le regarde, dégoûtée. Vraiment, les hommes sont tous les mêmes. Il n'y en a pas un pour racheter l'autre. Dès qu'ils voient des fesses et des seins, tous les autres détails leur échappent.

— Oui. Enfin, tu as quand même remarqué. Elle a de la moustache...

— Mauvaise joueuse, va !

Il sourit. Et finit – enfin – par me regarder.

— Mais, Marianne, qu'est-ce qui t'arrive ? Tu pleures ?

Je renifle et essuie mon visage contre sa veste.

— Non. Ce n'est rien. Ça va passer...

Rien. Simplement, mon job m'échappe, je perds mes

réflexes, et je peux compter sur Barbara pour m'enfoncer. Et puis je vais devoir m'occuper de Jules et gérer mon avenir avec Jean-Phil. Je me sens fragilisée d'un côté, envahie de l'autre. Comment font-elles, toutes ces femmes, pour mener leur double vie, professionnelle et familiale ? Y arrivent-elles vraiment ? Ou bien un jour, quoi qu'on en dise, se trouvent-elles obligées de *choisir* ?

— Alors, comment il s'appelle ?

Léa et Alix déboulent dans la chambre en brandissant une boîte d'orangettes.

— C'est pour ton régime !

— Bande de vaches ! Vous ne trouvez pas que je suis assez grosse comme ça ?

— Si, mais Alix trouve aussi que t'as besoin d'un bon antidépresseur. Le baby blues, la chute des endorphines, tout ça... Alors je suis passée à La Maison du Chocolat. Allez, goûte, tu verras, c'est meilleur que le Prozac.

D'une main, elle ouvre la boîte et de l'autre elle caresse le visage de Jules. Une veine bat sur sa tempe, et une grosse larme se met à couler le long de sa joue. D'une voix nouée, elle demande :

— Il est mignon, il s'appelle comment ?

Alix lui offre un chocolat, et l'assoit sur un bras du fauteuil destiné aux visiteurs. Désemparée par la détresse de Léa, je me sens presque coupable d'avoir eu un enfant avant elle. Je baisse les yeux et murmure :

— Jules. Il s'appelle Jules.

— C'est bien. Ça fait...

— ... empereur romain, je sais. On me l'a déjà dit.

L'agressivité de mon ton me surprend. Qu'est-ce que j'ai à rembarrer tout le monde, aujourd'hui ?

— Dis donc, toi, t'as l'air de *très* mauvais poil !

Alix. Elle va me trouver ridicule si je lui dis que je

suis de mauvaise humeur parce que Barbara veut me piquer mon job et que Jean-Phil m'a demandée en mariage. Tant pis. J'ai besoin de son avis. Malgré son métier, c'est de nous trois celle qui a le plus les pieds sur terre.

— Mon job... Tu crois que je vais pouvoir travailler comme avant ?

Les filles se regardent.

— Tu pètes les plombs ou quoi ! Bien sûr que oui, tu pourras continuer à bosser. Il suffira de t'organiser...

— Non. Moi, je pense que non. Tu devras reconstruire ta vie en y intégrant les nouveaux éléments. Jean-Phil et le bébé. A mon avis, les longues soirées au bureau, c'est fini...

Qu'est-ce que je vais faire ? Je vais passer pour une femmelette si je commence à partir à six heures pour m'occuper de ma petite famille. Et en plus...

— Et Jean-Phil. Il veut qu'on se marie...

Je sens les larmes me piquer les yeux. Encore. Décidément, mon réservoir est intarissable. Je plonge la main dans la boîte d'orangettes, et en croque deux d'un coup.

— Mais c'est super !

Elle est mignonne, Léa. Elle croit encore aux contes de fées.

— Je ne sais pas si c'est super, mais c'est légitime. Il est le père de ton enfant, c'est normal qu'il veuille devenir ton mari. Ça te pendait au nez, ça, ma vieille. Et qu'est-ce que tu lui as dit ?

— Rien, pour l'instant.

La politique de l'autruche. Si peu féminine. Mais tellement plus facile.

— Il va bien falloir en parler. De toute manière, vous devez vous installer ensemble dans un appart'. Vous ne pouvez plus continuer à vivre chacun chez soi. Vous formez une famille, maintenant.

— Mais je ne veux pas ! Je n'ai pas du tout envie de me taper au quotidien un homme qui laissera traîner ses chaussettes sous le lit et des poils dans le lavabo ! J'adore Jean-Phil parce que je ne connais pas tous ses petits travers. Quand on se voit, on est disponibles, gais, séduisants, on est là l'un pour l'autre. Mais si on vit ensemble *tous* les jours, on finira par se laisser aller et ne plus se supporter. On court au divorce, ça, c'est sûr !

Tout d'un coup, je réalise *pourquoi* je ressens ce malaise à l'idée de me marier. Ce n'est pas le mariage en soi qui me terrorise. C'est qu'il implique de vivre ensemble *tout le temps*. Partager une salle de bains, des toilettes, un panier de linge sale. J'ai peur de découvrir au quotidien un Jean-Phil qui n'est pas celui dont je suis amoureuse. J'ai peur de la promiscuité. Et je sais, d'après les histoires que me racontent mes clientes, où elle peut mener.

— Vous n'êtes pas encore mariés... Ecoute, réfléchis, mange tes chocolats, et on en reparle. On dirait qu'il y a plein de vieux fantômes qui remontent, là.

Alix me caresse les cheveux et me réinstalle l'oreiller. Léa se penche sur le berceau.

— Et arrête de te poser toutes ces questions. Prends un peu les choses comme elles viennent, pour une fois...

Elle est marrante, Léa... Prendre les choses comme elles viennent. Je ne sais même pas comment on fait.

— Allez... Tcho...

— Tcho, les filles...

— Et, Marianne... surtout, pense à ton enfant. Tu n'es plus seule, maintenant...

Pour fêter la naissance de Jules, Jean-Phil m'emmène dîner dans le petit italien de Saint-Germain où nous étions allés le premier soir. Les bougies rouges dégoulinent toujours le long des bouteilles de chianti, et on l'appelle par son prénom. Sans hésiter, il commande deux pizzas napolitaines. Je ne lui ai pas encore dit que je n'aimais pas les anchois. Quid d'en faire ma troisième résolution ?

Nous ne parlons que de Lui. Notre fils. Petit bouddha compresseur qui vient envahir notre univers avec l'assurance des innocents. A la fin du repas, je décline une promenade romantique au bord de la Seine pour rentrer le retrouver. Et c'est encore son visage qui me trotte dans la tête quand le corps de Jean-Phil roule sur le mien avec des intentions évidentes.

— Pas ce soir... C'est trop tôt...

Les yeux fermés, je le repousse doucement. Sans rien dire, il attrape ma main, et il s'endort.

J'ai pris les choses comme elles venaient. Du coup, mon salon n'a plus la même tête. Sa quiétude blanche et beige est maintenant rehaussée de noir, avec l'arrivée des meubles et du matériel hi-fi de Jean-Phil. Deux fauteuils en cuir anthracite et métal chromé encadrent mon canapé écru. Un kilim iranien à dominante rouge recouvre le sol en coco. Les livres et les CD sont rangés par ordre alphabétique et par genre. Jean-Phil est extrêmement méticuleux. Je ne retrouve plus rien. L'appartement sent l'orange verte et le café froid. Il y a des vestes sur les dossiers des chaises. Jean-Phil vit à la maison. Et travaille à la maison. Il a installé son bureau dans un coin de la salle à manger. Il s'occupe de Jules, fait les courses et la cuisine. Je ne me sens pas encore très à l'aise avec le concept. Mais je dois reconnaître que pour un homme, il fait beaucoup d'efforts.

— Qu'est-ce qu'on mange ?

Je ferme la porte d'un coup de pied. Mon escarpin vole, je suis déséquilibrée – dix centimètres d'un côté, pied de collant de l'autre, il n'y a que les dahus pour tenir debout dans cette position –, je lâche mes dossiers pour tenter de me retenir à la poignée, elle est toute grasse, je glisse et tombe sur les fesses. Ça fait mal au coccyx... et à l'ego. Je suis vannée.

— Salut, ma chérie !

Je n'aime pas qu'on m'appelle ma chérie. La tête de Jean-Phil apparaît dans l'entrebâillement de la porte de la cuisine. Il porte un grand tablier blanc. Un peu comme ceux de Léa. Il m'envoie un baiser du bout des doigts.

— Je t'ai concocté une blanquette de veau à l'ancienne, tu m'en diras des nouvelles.

Comme disait ma mère, quand les hommes se mettent à faire la cuisine, en général ils la font bien. Evidemment. Sinon, vu leur inclination naturelle pour les tâches domestiques, pourquoi se donneraient-ils cette peine ? Jean-Phil n'échappe pas à la règle. C'est un vrai cordon bleu.

J'ouvre le frigo et attrape une rondelle d'andouille dont je ne fais qu'une bouchée. Je sors de l'armoire à vin une bouteille de cornas de colombo, le goûte et décide de le décanter. C'est un vin encore jeune, plein de corps et de fruit, dont la mise en carafe devrait exacerber les arômes.

— Où est Jules ?

Les yeux de Jean-Phil se remplissent d'étoiles. Son fils le met en transe.

— Il est couché. Il a été adorable. Il a même goûté ma blanquette...

— Mais enfin il n'a pas trois mois !

— Et alors ? Il n'y a pas d'âge pour se familiariser avec les bonnes choses. Qu'est-ce que tu dirais, toi, si ça faisait quatre-vingt-dix jours qu'on ne te donnait que du lait en poudre avec une tétine qui sent le clacos ?

Vu sous cet angle...

— Euh... J'aimerais autant un Paddy...

— Tu vois ! Eh bien Jules, c'est pareil. Lui aussi, il préfère les choses qui ont bon goût. Allez, va lui faire un bisou avant de sentir l'alambic. Je te prépare ton verre.

Jules dort comme un loir au fond de son berceau. Il a grandi, ses cheveux ont poussé. Dans quelques jours, il aura trois mois, déjà. C'est fou ce que le temps passe vite. Et c'est fou ce qu'en grandissant les enfants nous le rappellent, tous les jours. En voyant Jules, là, dans son pyjama taille six mois, je réalise qu'à tout moment je peux rater quelque chose. Un sourire, un mot, une caresse. Ce que je laisse passer maintenant ne se représentera jamais. Il n'y aura pas d'appel. Pas de séance de rattrapage... Je le prends contre moi en faisant bien attention de ne pas le réveiller. Instinctivement, il se met à me téter le nez. Quand je sens contre mon visage sa petite mâchoire sans dents, je me dis que j'ai bien fait de ne pas l'allaiter. Je le repose délicatement sur le dos et quitte la chambre sur la pointe des pieds.

Jean-Phil a déjà mis le couvert et m'attend dans le salon.

— Dis, j'ai pensé à un truc... Pour l'invitation...

— Quelle invitation ?

— Pour le mariage...

— Mais quel mariage ?

De quoi parle-t-il ? Qui se marie ? Ça doit être un de ses copains et j'ai dû oublier... J'oublie tout, en ce moment. Surmenage. Je suis débordée. Au bureau, à la maison. Je ne sais plus où donner de la tête. Je devrais arrêter le Prozac et prendre des vacances. Oui mais il y a cette garce de Barbara que je dois surveiller. « Former », comme a dit Sylvain le jour où il me l'a présentée. Comme si elle n'était pas assez formée comme ça, avec ses fesses de black et ses obus à la *Supervixens* ! Bon, alors je vais demander à Alix un peu de mélatonine pour tenir le coup. Ah ! Voilà Jean-Phil qui sort une invitation. Comme ça, on saura tout de suite. Qui se marie...

— Alors... qu'est-ce que tu en penses ?

— Je ne sais pas... Tu veux y aller, toi ? C'est quand...

J'ouvre le carton en vélin d'Arches. Le texte est écrit dans une très belle anglaise. Classique à pleurer. Je ne comprends pas que les gens continuent à faire des trucs aussi ringards... Et puis c'est illisible, l'anglaise. Surtout quand elle est mauve. On dirait les cheveux de la Reine mère. Aussi purple et aussi fin. Je vais chercher mes lunettes.

— Tu n'aurais pas vu mes lunettes ?

— Non. Elles ne sont pas dans ton sac ?

Je vide mon sac. Portefeuille, chéquier, palm V, fraises Tagada, brosse à dents, re-chéquier, poudrier, stick à lèvres, stylo, crayon, post-it, portable, étui à lunettes – vide... Pourtant je suis sûre de les y avoir vues tout à l'heure quand je cherchais mes clefs... Stick déodorant, ticket-restaurant, liste de courses, points essence, Code civil, Prozac, vitamine C... Un paquet de cartes Pokemon pour Jules... Mais pas de lunettes. Jean-Phil danse d'un pied sur l'autre. Il souffle en levant les yeux au ciel. Grand Mâle impatient devant Femelle à la recherche d'un objet fondamental au fond de son sac. Banal. On a même remarqué ce genre de comportement chez les bonobos.

— Tiens... Prends les miennes.

Il me pose ses demi-lunes sur le nez, non sans une petite caresse au passage, il faut toujours qu'il *touche*, et... je vois parfaitement. On dirait qu'on a le même mauvais œil.

— Oh ! Mais c'est dans *très* longtemps, ce mariage ! Qui sait ce qu'on fera à ce moment-là... Et puis c'est loin, en plus ! Tu veux vraiment y aller ?

— On est un peu obligés...

— Pourquoi ? C'est de la famille ?

Il le dit en même temps que je le découvre...

— Ben, euh... C'est nous !

102

Cellule de crise dans la cuisine de Léa.

— Et tu sais ce que c'était ?

— Non ?

— La maquette de l'invitation à *notre* mariage !

— NON !

Nous partageons une bouteille de txakolina et quelques tranches de fromage de brebis avec de la confiture de cerises noires, en attendant le retour d'Alix partie à cheval avec Peïo.

— Et qu'est-ce que tu lui as dit ?

— Rien. Qu'est-ce que tu voulais que je lui dise ? Si je lui avais dit que son invitation était moche, il aurait été vexé comme un pou, et si je lui avais dit que je n'étais pas sûre de vouloir me marier – en fait, je suis de plus en plus sûre du contraire –, il se serait mis à me transpercer jusqu'au fond de l'âme de son regard d'artiste perspicace, l'air de dire qu'est-ce qui lui prend *encore* ?... Il aurait été capable de me faire changer d'avis.

Je me ressers un verre de vin. Les bulles me font du bien. A côté de moi sur la table, un tas de petites boules de mie de pain. J'ai dû les faire sans m'en apercevoir.

— Mais vous en avez parlé, non ?

— De quoi ?

— Du mariage.

— Non, pas vraiment.. Mais je n'ai pas officiellement répondu oui à sa demande, si c'est ce que tu veux savoir.

Léa semble réfléchir. Ce qui est bien avec elle, c'est sa manière de se mettre à la place des autres avant de prodiguer ses conseils. Contrairement à Alix qui, elle, suit *sa* propre ligne de conduite.

— Tu as pris la bague, non ? Et tu la portes ?

— Oui. Elle est belle.

Elle finit son verre d'un trait et le pose en le faisant

claquer sur la table. S'essuie la bouche avec son tablier. Et hoche la tête d'un air entendu ;

— Bon. Pour moi, c'est clair. Vous êtes ensemble depuis un an et demi...

— Quatorze mois.

— OK. Si tu veux. C'est pareil...

— Non. On ne déforme pas les faits.

— Ouais. Enfin si tu continues, dans *quatre* mois tu seras toujours dans la même merde et c'est moi qui aurai raison...

— On n'est pas dans quatre mois. On est *maintenant*.

Je ne peux pas m'en empêcher. J'adore la rhétorique. Je sais qu'en l'occurrence ça ne mènera à rien, mais il faut que je discute. Point par point. Déformation professionnelle.

— Reprenons. Vous êtes ensemble depuis *quatorze* mois au jour d'aujourd'hui. Vous faites une ravissante petite chose que vous appelez Jules d'un commun accord. Du coup, il t'offre une bague et te demande en mariage...

— Il me demande en mariage *et* il m'offre une bague. Dans cet ordre.

Elle lève les bras au ciel.

— Qu'est-ce que tu peux être pénible quand tu t'y mets ! Bien. Il te demande en mariage, il t'offre une bague. Et toi tu *prends* la bague. Pire, tu la portes. A l'annulaire gauche, qui plus est. Et tu ne lui *dis* pas que tu ne veux pas l'épouser...

Un plus un égale deux. $ax^2+bx+c = 0$. Tout corps plongé dans un liquide... Je dois admettre que d'un point de vue strictement scientifique, sa démonstration tient la route. Mais c'est compter sans les... *sentiments*.

— Je ne veux pas lui faire de peine...

Un murmure, à peine.

— Alors mets-toi à sa place. Il est persuadé que tu

es d'accord. Quand on ne dit rien à un mec, il pense que ça veut dire oui...

— Et quand on lui dit non il comprend « peut-être »... C'est ça ?

— Evidemment. Un homme n'accepte jamais qu'on lui dise non !

— Même un homme digne de ce... non ?

Léa éclate de rire. Moi aussi. Elle se frotte les yeux et continue d'enfoncer le clou.

— De toute façon, il va falloir que tu lui parles. Explicitement. Sinon, tu vas te retrouver en Pronuptia à la mairie sans avoir eu le temps de dire ouf.

— Je sais. Et en plus...

— Quoi ?

— Je ne *peux pas* m'appeler Marianne Barthouil. Tu imagines, dans la profession, « Maître Barthouil »... il y a de quoi perdre des clients !

— Arrête, Marianne. Ne me dis pas que tu t'attaches à ce genre de détail. C'est indigne de toi. Et puis... moi j'aime bien, comme nom. Au contraire, ça fait terroir. Bien coachée, tu pourrais devenir mégafashion. Maître Barthouil, avocate bio... Avec les quotas, tu scores sur tous les tableaux : femme et écolo. Là, tu tiens un vrai concept, ma vieille !

— Les filles, je suis...

— Crevée ! On sait...

Alix s'affale sur le banc, les deux coudes sur la table, et se sert un verre. Quelques notes de piano semblent arriver de nulle part à travers la fenêtre ouverte.

— C'est beau. C'est quoi ?

— Schumann. *L'Arabesque en C.*

— C'est un CD ? Qui joue ?

— Peïo. Ce n'est *pas* un CD. C'est beau, non ?

En fait, c'est mieux que beau. C'est sublime. Fin. Précis. Senti. Des nuances simples et une grande légèreté d'interprétation. Rien à voir avec ces brutes à grandes mains qui frappent leur clavier comme si c'était une femme adultère. Ah ! Peïo... C'est peut-être un homme comme lui qu'il me faudrait. Assez présent pour que je me sente en sécurité et assez absent pour que je reste libre. L'équilibre parfait. La recherche constante de cet équilibre. Et puis la séduction. L'effort de séduction permanent. La conscience qu'avec ce type d'homme rien n'est jamais acquis. Peïo, on le prend comme il vient. Et si on le prend mal, il part. Au moins la règle du jeu est claire. Alors qu'avec Jean-Phil, il faut gratter la surface pour déchiffrer ce qui se cache derrière son regard noir. La voix de Léa me tire de mes méditations.

— C'était bien, votre balade ?

— Magnifique ! On a même vu des vautours bouffer des carcasses de moutons.

— De vrais vautours, comme dans la pub Hertz ?

— Oui.

— Bah ! C'est gore !

— J'ai horreur de ces oiseaux ! Depuis qu'on les protège, il y en a plein, ici ! Et tu avais quel cheval ?

— Nelly, la petite alezane. Et son poulain nous a suivis. Il a la pêche, dis donc ! Plus que moi en ce moment...

— C'est la vieillerie...

— La décrépitude...

— Les muscles qui lâchent...

— Le corps qui s'affaisse...

— Tout fout le camp...

— Ah, là là, ma bonne dame...

— Oh ! les mamies ! arrêtez de déconner. C'est peut-être, je sais pas, moi... la grossesse !

Alix a lâché sa bombe. Comme ça, par surprise, dans la cuisine de Léa. Si les murs ont des oreilles, ceux-là en auront entendu de belles.

— Comment t'as fait ?

— A votre avis ? Comme tous les mammifères...

— Et surtout les bonobos. Vous savez que les bonobos font l'amour comme les hommes ?

Grands yeux étonnés. Quatre.

— Par derrière ?

— Non, justement ! Face à face. Par derrière, comme tu dis, ce sont les hommes qui copulent comme des singes !

— Marianne et ses bonobos... Dégoûtée des mecs, elle se consacre aux singes... Je vois ça d'ici.

— Il y en a qui l'ont fait.

— Pas moi ! Moi, j'aime encore un peu les hommes... Alors, Alix, raconte !

Elle boit une gorgée de vin, passe la main dans ses cheveux, se gratte la gorge et commence le récit de ses frasques.

— En fait, j'ai suivi le conseil de Léa.

Je regarde Léa d'un air accusateur, genre « tu vois, c'est de ta faute », et elle hausse les épaules, comme pour dire « ne juge pas sans savoir ».

— J'ai pris quinze jours, large, en pleine période d'ovulation. Ça tombait bien parce que j'ai pu cumuler une semaine de repos compensatoire avec une semaine de RTT – on prend des jours de congé supplémentaires qu'on peut grouper. Je me suis fendue d'un énorme chèque pour faire une croisière de luxe sur un yacht au nom prémonitoire puisqu'il s'appelait *The Love Boat*.

Excellent. Léa me jette un coup d'œil amusé.

— C'est un baisodrome des mers ! Il y en a plein, maintenant. Ils vont finir par faire peur aux poissons. Et alors ?

— Alors au début j'ai eu les trouilles, parce qu'il n'y avait que des jeunes couples en voyage de noces. Et des vieux.

— Pas étonnant, sur un bateau en pleine mer... Soit tu forniques, soit tu bouges plus...

— Mais heureusement...

Je pose un doigt sur mes lèvres. En louchant. Comme quand je voulais les faire rire en CP.

— Chut...

— Il y avait le capitaine ! Démosthène Rastapopoulos. Un Grec somptueux, brillant, cultivé...

— Avec un torse de lion et des couilles de taureau.

— Et des poils noirs sur tout le corps.

— Comme les b...

— BONOBOS. ON SAIT !

— Et une gourmette...

— Et une chaîne...

— Et alors ?

Mine de rien, elle commence à devenir drôlement passionnante, son histoire. Presque un sujet de roman pour Léa...

— Et alors j'ai suivi la prescription de Léa. Trois fois par jour. Matin, midi et soir. Comme un médicament, sauf que c'était meilleur.

— Ah ! Parce qu'en plus c'était bon ?

— Ben... oui. Je ne sais pas pourquoi, quelque chose chez lui me faisait un peu penser à Alfred...

— A... Alfred ? Alfred Alfred ? L'amant américain ? Tiens donc... Et...

— Et alors ?

— Et alors depuis... j'ai mal au cœur.

L'orage gronde depuis des heures. Un carnage. La *Guerre des étoiles* dirigée par un zappeur fou. Sur une

108

BO de Wagner. Ou pire : Honegger. Grande formation de cuivres et de tambours. Grosses caisses. Quelques chasses d'eau. Beaucoup de bruit et de fureur, comme dirait Willy. Et tout ça pour quoi ? Réveiller les pauvres mortels. La nature est vraiment facétieuse.

Quand je ne dors pas, je cogite. La nuit favorise la réflexion. Avant, c'était exclusivement mon métier qui occupait mes insomnies. Il m'arrivait même de me lever pour aller taper une note sur le PC, et de me recoucher, libérée. Maintenant, c'est différent. Bien sûr, je pense à mes dossiers, à la défense de ce directeur financier femelle si mal engagée. Je pense à la petite garce qui intrigue pour me piquer ma place. Elle est peut-être en ce moment même en train de faire la brouette javanaise avec Sylvain dans une auberge de campagne en regardant les éclairs. Mon Dieu ! Ces filles-là nous font une réputation redoutable, à nous les femmes. Comment être crédible, après ça, quand on revendique le droit d'utiliser sa tête plutôt que son cul pour avoir de l'avancement ?

Heureusement il y a Jules. Ses petites fossettes à la base de chaque doigt, ses premiers sourires de reconnaissance, ses conversations codées avec son père... C'est en pensant à lui que je me suis rendormie.

Un trait de piano. Des rais de lumière à travers les volets rouges. J'émerge péniblement de sous la couette et me lève pour aller ouvrir la fenêtre. Soleil. La nature est calmée et semble vouloir se faire pardonner les tumultes de la nuit. Ça sent la menthe et la ciboulette. Un peu la vieille feuille, ou le champignon, peut-être... En tout cas, c'est bien une odeur de sous-bois qui s'exprime en arrière-bouche. Je fais une dégustation d'air pur.

Dans la cuisine, Léa est déjà en train de s'affairer.

Alix, assise sur un bout de table, sirote un bol de chocolat. Elle ne supporte déjà plus le café ?

— Salut, les filles !

On s'embrasse, comme quand on était petites. Les joues de Léa sont fraîches et pleines. Elle sent la fleur d'oranger.

— Ugh ! Tu devrais te laver les dents ! T'as une haleine à la Bridget Jones !

— Comment... Qu'est-ce que tu veux dire ?

— Retour de pub. OD de Paddy... Tiens, bois un café, ça te fera du bien.

Je bois un café, de toute façon il est onze heures et il faut bien que je me réveille. Je n'ai vraiment pas les yeux en face des trous. Le piano entame un autre morceau.

— C'est Peïo ?

— Quoi ?

— Le piano. C'est ton pottock qui joue ?

— Ah ! Non, c'est Vlad. *Impromptu* de Schubert. En G flat... euh... sol majeur, je crois.

— Moi je préfère Peïo...

Léa se tourne vers moi d'un air peu amène.

— Je *sais* que tu préfères Peïo. Tu crois que je ne vois pas la manière dont tu le dévores des yeux ? Bas les pattes, ma vieille, c'est *mon* mec. Toi, t'en as un à toi !

Prise de court, je tente de me justifier.

— Mais... tu sais très bien que jamais je ne toucherais à ton mec. Il est formidable. Je l'apprécie beaucoup, c'est tout. Et puis c'est un ami d'enfance de Jean-Phil...

Je ne peux pas lui avouer que oui, c'est vrai, si Peïo avait été libre, j'aurais pu... Mais c'est l'homme de Léa, il n'y a rien à faire. Et puis ma vie est déjà bien assez compliquée comme ça.

— Apprécie-le de loin. C'est tout ce que je te demande.

— Promis.

Comme si cet incident n'avait pas eu lieu, Léa regagne ses fourneaux. Elle chantonne en faisant rissoler des morceaux de poulet. Sa voix grave suit la musique sans effort. Pas comme moi, qui ne sais chanter que les sonneries de mon portable... En plus, elle est très belle, ce matin, Léa avec juste un vieux jean, une chemise à carreaux dont elle a roulé les manches et son grand tablier blanc. Toute trace de colère a disparu de son regard. Elle est de nouveau sereine. Zen. Et au fond bien plus à la page que nous qui survivons dans le microcosme, comme elle dit...

— Qu'est-ce que tu nous prépares ?

— Poulet aux cèpes et petites pommes de terre à la graisse d'oie. C'est une recette du coin. Et Peïo a rapporté des salades du jardin du voisin. Vous allez être contentes : elles sont cent pour cent... bio.

— Mais on va devenir énormes si on mange tout ça !

— Ma vieille, je vais te dire un truc. Moi, j'ai pris quatre kilos depuis que je suis ici. Au début, j'étais encore tellement conditionnée par l'image des mannequins anorexiques dont nous abreuvent les journaux, surtout avant l'été, que j'essayais de les perdre. Je clopais pour compenser, je culpabilisais, j'étais de mauvais poil. Vous vous souvenez ? Un jour, Peïo m'a simplement dit « Pourquoi tu t'interdis d'être heureuse ? Manger et boire font partie de la vie comme respirer, toucher, désirer, faire l'amour... Ecoute ta nature humaine. » Et il a raison. Le bonheur est un devoir pour tous ceux qui en ont les moyens. Le bonheur simple, j'entends. Le bonheur de l'instant. Pas le bonheur fabriqué sur mesure pour ceux qui veulent être heureux parce que c'est à la mode.

— Du coup, t'as gardé tes kilos... T'as vachement raison. Ils te vont très bien. Tu ressembles à Ornella Muti. Et c'est vrai qu'ils t'ont rendue plus... sympa.

Alix a sorti la tête de son chocolat. Elle a des moustaches. Peïo pousse la porte de la cuisine et appelle Léa. Il a une main derrière le dos.

— Léa, quelle main ?

— Euh... La droite. Non, la gauche, la gauche !

— Sûre ?

— Euh... Bon, la droite. Voilà. Je choisis la droite !

— Perdu !

Elle s'approche de lui, lui boxe le bras en riant tandis qu'il l'embrasse.

— Tiens. Ce sont les dernières roses...

— Mmmm... Elles sentent bon...

Ils s'effleurent le visage et se touchent les doigts en souriant. Ils s'adorent, ça crève les yeux.

— Bon, j'y vais. On débourre un poulain. Je vous rejoins pour le déjeuner. Salut, mon cœur...

Léa lui envoie un baiser.

— Dis donc, tu as de la chance, ton mec t'offre des fleurs... Moi, je crois bien que depuis ma rencontre avec Jean-Phil, je n'ai *jamais* eu un seul bouquet. Ah si, une fois. Pour la naissance de Jules.

Les iris. Et les roses rouges...

— C'est normal. On n'offre pas de fleurs à un mec.

Mais qu'est-ce qu'elle raconte ?

— Je ne suis *pas* un mec !

— C'est tout comme. Tu parles comme un mec, tu bosses comme un mec, tu ne dis jamais rien... comme un mec, tu ouvres le vin comme un mec, tu demandes « quand est-ce qu'on mange » comme un mec, t'es suspendue à tes portables comme un mec, tu portes des costards...

Ah ! La voilà qui remet ça ! Elle a toujours détesté mes tailleurs. Mais je ne vais pas aller au bureau en jean... Et puis c'est encore ce qu'il y a de mieux pour cacher mes *rondeurs*, comme disent avec un tact perfide les vendeuses filiformes payées à la com.

— Ce sont des tailleurs. Avec des jupes. Ils ne portent pas de jupes, les mecs. Ou alors, c'est qu'ils sont en pleine mutation !

— Oh ! Et en plus tu as toujours raison... comme un mec. Alors c'est pas étonnant qu'on ne t'offre pas de fleurs. Tu ne peux pas manger à tous les râteliers, non plus !

— Bon, les filles... les mecs... enfin je sais plus... si on mettait le couvert ? Je meurs de faim, moi !

— Tu n'aurais pas vu mon *Interprétation des rêves*, par hasard ? Il était sur la table de nuit...

Jean-Phil sort de la salle de bains et se glisse entre les draps, encore humide.

— Si, je l'ai rangé dans la bibliothèque. A la lettre F.

Sans même prendre la peine d'enfiler un T-shirt, je vais dans le salon, nue, récupérer mon livre afin de le remettre sur la table de nuit. Ce n'est pas que j'aie l'intention de lire Freud ce soir, mais j'aime bien que les choses restent à leur place.

Jean-Philippe Barthouil, acceptez-vous de prendre pour épouse Marianne ici présente ?

— *Oui.*

— *Marianne Declerc, acceptez-vous de prendre pour époux Jean-Philippe ici présent ?*

— *Euh...*

— *Je vous déclare unis par les liens du mariage. Vous pouvez vous embrasser.*

Les mains de Jean-Phil se nouent autour de moi. Sa bouche se tend vers la mienne. Tout à coup, ses bras deviennent des tentacules. Il en a dix, douze, qui me serrent jusqu'à l'étouffement. Sa bouche m'aspire et me dévore...

— *NOOOON !*

Je me redresse sur l'oreiller. La chambre est silencieuse. J'aperçois dans le couloir la lueur de la petite veilleuse de Jules. Jean-Phil dort à côté de moi. Il fait un léger bruit de moteur.

L'un des inconvénients majeurs du mariage, c'est qu'avec le mari on gagne en général une belle-mère. Comme dans ces promos de supermarchés, où avec le produit que vous achetez on vous *offre* un gadget encombrant et totalement inutile. La mère de Jean-Phil est un dragon. Ou du moins, c'est ce à quoi elle me fait penser d'emblée. Serais-je déjà en train d'endosser la peau et le regard de la belle-fille avec l'objectivité et le ressentiment que l'on sait ? Possible. Il faut dire que la personne s'y prête. Elle a une toute petite tête avec des yeux de poule montée sur un très gros corps et de toutes petites jambes. Ses cheveux, qu'elle porte en chignon, vont du gris mauve au gris bleu en fonction de la lumière. Un peu comme les bonnes femmes de Faizant. Elle se déplace avec une grande vivacité malgré sa corpulence, pose ses mains sur ses hanches quand elle parle et donne toujours l'impression d'être en colère. *Sauf* quand elle s'adresse à son « petit Jean-Fifi » : là, on dirait qu'elle va fondre comme une glace au soleil. En fait, c'est un peu une caricature de belle-mère. Mais en vrai.

— Mon petit Jean-Fifi ! Tu nous as amené ta dulcinée !

Elle me prend les poignets et m'embrasse sur les deux joues.

— Marianne, je suis ravie que vous ayez pu vous libérer !

— Oh ! Mais... c'est un plaisir de vous rencontrer !

Pff... Elle sent le talc et son rouge à lèvres colle.

— Entrez donc ! J'ai invité quelques amies !

Jean-Phil me prend le coude et me guide vers le salon, dont les volets ont été ouverts et les meubles en faux Louis quelque chose cirés pour l'occasion. Quatre très jolies vieilles dames interrompent leur conversation pour nous regarder entrer. Jean-Phil ne dit rien, comme toujours en présence de sa mère.

— Voilà Jeannette, une amie d'enfance. Elle a connu mon Jean-Fifi avant sa naissance. Voilà Violette. Nous jouons au bridge ensemble tous les jeudis. Et Yvonne. La pauvre, elle vient de perdre son mari...

A la tête que je fais, elle précise.

— On peut en parler devant elle, elle est complètement sourde. Hein, Yvonne ?

Voyant qu'on s'adresse à elle, Yvonne acquiesce d'un sourire sans dents.

— Et ça, c'est Alice, la doyenne. Elle a presque cent ans. Dans le temps, elle était mannequin pour Louis Féraud. On voit encore un peu qu'elle a été très belle...

Elle s'approche tout près de moi et me chuchote dans l'oreille :

— Je crois qu'elle a été la petite amie de ma mère !

Je la regarde avec stupeur. Alice n'a pas la tête d'une vieille lesbienne. Et la mère de Jean-Phil a une haleine de chat. Elle sert du thé et de la liqueur de cassis, et fait passer une assiette de biscuits. Puis elle s'assied sur le canapé et tapote le coussin à côté d'elle pour inviter Jean-Phil à venir s'y asseoir. Je me perche sur un accoudoir recouvert d'un napperon de dentelle. Toutes les têtes se tournent vers moi.

— Attention, Marianne ! Vous allez tout abîmer ! Tenez, mettez-vous donc sur la chaise, là...

Elle se penche vers Jean-Phil et lui pince la joue.

— Alors, mon petit Jean-Fifi, tu ne nous as pas amené ton fils ?

Mon petit Jean-Fifi... *Ton* fils... Et moi alors, je compte pour du beurre ?

— Euh...

Toutes les têtes se tournent vers Jean-Phil. Dans l'attente d'une réponse plus convaincante.

— Euh... Il était fatigué... Marianne a préféré le laisser chez une amie...

Oh le culot ! C'est *lui* qui a proposé de le laisser chez Alix au passage. Pour nous donner une bonne raison de nous enfuir de chez sa mère.

— Jean-Philippe va se marier avec Marianne. Il a déjà un petit garçon.

Toutes les têtes se tournent de nouveau vers moi, puis vers Jean-Phil. Alice émet un sifflement de bouilloire. Violette fait claquer sa langue. Jeannette pleure en psalmodiant « mon petit Jean-Fifi, mon petit Jean-Fifi... » comme un mantra. Yvonne n'a rien entendu.

— La messe aura lieu dans l'église de Saint-Jean-de-Luz. Avec des chœurs basques. Ce sera magnifique. Et comme Marianne n'a plus sa maman, *je* recevrai les amis dans une auberge du coin. On dansera, bien sûr. C'est en juin. Vous êtes toutes invitées.

Je tombe de ma chaise. La tasse se brise contre la table et du thé se répand sur le tapis. Jean-Phil se précipite par terre pour éponger les dégâts avec son mouchoir. Il est écarlate. Il me relève, je ne sais vraiment plus où me mettre et avant que je ne trouve un endroit, il salue les vieilles dames l'une après l'autre et me propulse devant sa mère.

— Je... euh... je suis vraiment désolée...

— Oh, vous savez, j'ai l'habitude. Mon fils a l'art de ramener des filles maladroites. Tenez, la dernière, la petite jeune... Comment s'appelait-elle, déjà ?

Jean-Phil lui plante un baiser sur les deux joues et m'entraîne vers la porte. Elle nous suit sur le perron. Mon portable se met à sonner. Le plus discrètement possible, je le sors de mon sac et jette un œil sur l'écran. Où s'affiche le numéro personnel de Barbara. Après une seconde d'hésitation – il doit vraiment se passer quelque chose de *grave* ou de particulièrement jubilatoire pour qu'elle m'appelle *moi*, depuis quelque temps elle a plutôt tendance à rapporter directement à Sylvain –, je rejette l'appel. Ce n'est vraiment pas le moment. La mère de Jean-Phil, qui bien sûr a tout vu, me gratifie d'une ultime gentillesse.

— Aude. Elle s'appelait Aude. Jolie fille, d'ailleurs. Très douce, très *aimable*...

— Au revoir, Maman ! Je t'appelle !

— Dis à Marianne de passer pour le chapeau !

Quel chapeau ? Avant que j'aie pu poser la question, Jean-Phil a démarré et fait demi-tour. Quand nous repassons devant la porte, elle est toujours là, les mains sur les hanches, à regarder nos phares disparaître.

Un kilomètre plus loin, Jean-Phil gare la voiture sur le bord de la route, coupe le contact et s'enfonce dans son fauteuil en fermant les yeux. Il a l'air accablé.

— Pff... Je suis désolé, Marianne. Je n'aurais jamais dû t'emmener chez elle. Sur son territoire. Il aurait fallu faire ça en terrain neutre. Mais je ne pouvais pas imaginer qu'elle serait si désagréable aujourd'hui. Elle avait l'air bien disposée, au téléphone...

Il se masse la tête. Je vois bien qu'il lutte contre les larmes. Du bout des doigts, je lui effleure les lèvres.

— Elle est malade ?

— Non. Elle est vieille. Tous ses traits de caractère se cristallisent en haine. Elle est profondément misogyne, et déteste plus que tout les femmes qui m'approchent. Toi...

Il prend une profonde inspiration.

— Tu représentes tout ce qu'elle abhorre. Tu as une carrière, tu couches avec moi, nous avons un enfant *hors mariage* – heureusement que c'est un fils, je ne te dis pas ce que nous aurions entendu si ç'avait été une fille ! Et en plus, je suis amoureux et je veux t'épouser.

J'adore sa manière de résumer la situation... Et encore, il oublie le portable.

— Elle devrait être contente. Au moins, tu ne vivras plus dans le péché !

— Oui. Mais elle, elle ressent notre mariage comme un vol. Tu lui *prends* son fils.

A son âge ! Elle ne va quand même pas le mettre sous cloche, son petit Jean-Fifi. Il peut encore servir !

— Alors pourquoi veut-elle tout organiser ? Sans nous demander notre avis, en plus ! Tu étais au courant, toi, pour Saint-Jean-de-Luz ?

— Non. Je lui ai seulement raconté comment j'avais retrouvé Peïo par hasard, qu'il vivait toujours dans la même maison avec une de tes amies et que tu aimais y passer des week-ends. Elle a dit « Ouh ! que le monde est petit ! » et apparemment ça lui a donné des idées. Je suis désolé.

Il m'attire vers lui. Son geste est plein de tendresse.

— Tu m'en veux ?

Je reste longtemps sans répondre, la tête sur son épaule, à regarder la route. Oui, je lui en veux. Mais pas pour sa mère. Je lui en veux d'annoncer notre mariage à tout le monde. A force de trop dire les choses, elles finissent par arriver.

— Non...

Il me sourit et démarre. A la radio, James Brown chante : *This is a man's world... but it wouldn't be nothing without a woman or a girl...*

To : Marianne@microcosme.fr
From : L§P@cotésud-ouest.com
Ils étaient quatre et ils sont tous morts.

Qu'est-ce que c'est que cette histoire ? Encore une blague de Léa...

— Qu'est-ce qu'on mange ?

Il est neuf heures et je meurs de faim. Même pas eu le temps de déjeuner. J'ai eu une journée épouvantable. Une nouvelle cliente qui veut divorcer parce que son mari a installé sa mère dans leur appartement. Une autre qui vient d'avoir son premier enfant et que son mari a quittée sous prétexte qu'elle ne s'occupait plus de lui depuis l'arrivée du bébé. Tiens donc... Deux exemples flagrants de la puérilité de certains hommes a priori adultes. Et pour couronner le tout, cette garce de Barbara est venue m'annoncer de sa grosse bouche siliconée que Sylvain venait de l'appeler pour lui demander *son* avis sur une affaire qu'il est en train de plaider... D'habitude, c'est moi qu'il appelle. Elle gagne du terrain, la vache. Et moi, je suis en train d'en perdre.

Jean-Phil finit de préparer le dîner dans la cuisine. Ça sent bon. Un simple poulet fermier bio rôti à la broche, accompagné d'une purée de pommes de terre bio à l'huile d'olive... bio. On respire suffisamment de miasmes à Paris pour au moins faire attention à ce que l'on mange. Je sors une bouteille de montrose 1979 et mon matériel à décanter. Pendant que je coupe la capsule et retire le bouchon, j'entends mes deux mecs – le grand et le petit – se lancer dans un gazouillis incompréhensible. Je verse un peu de vin au fond d'un verre pour vérifier du nez et du palais qu'il n'est pas bouchonné. J'allume une bougie, tiens le décanteur dans une main et verse délicatement de l'autre le liquide dans la carafe. A la lueur de la flamme, sa robe grenat se drape le long des parois de cristal, en épousant de son corps plein les moindres contours. Je vois Jules et Jean-Phil de dos, la petite tête de l'enfant enfouie dans le cou de son père, là où il dépose chaque matin du bout des doigts quelques gouttes d'orange verte. Je laisse un peu de vin au fond de la bouteille, ce qui énerve beaucoup Jean-Phil mais qui est indispensable pour ne pas avoir de dépôt, rince le matériel à l'eau claire et repose le décanteur dans son coffret. Ils sont tous les deux étendus sur la moquette, au milieu d'un amas de peluches. Je nous sers un verre de montrose, il a son merveilleux nez de cassis habituel. La soirée est pleine de promesses. Au fond, je suis heureuse.

Après le dîner, Jean-Phil a fait la vaisselle et nous sommes allés nous coucher. Vers trois heures du matin, il se lève pour donner son biberon au bébé. Je le suis à pas de loup pour le regarder faire. Lorsqu'il m'aperçoit, je le vois réprimer une grimace. Il chuchote :

— Je vais m'en sortir, tu sais. Tu peux aller te recoucher.

— J'aime bien vous observer, tous les deux... C'est... attendrissant.

Je lui souris. Il y a une part de vérité. Je suis émue de le voir, grand et nu, nourrir son enfant. Mais il y a aussi une part de mensonge. J'ai peur. Peur qu'il ne sache pas faire, dose mal le biberon, ne serre pas assez la couche, remonte trop la couverture... Depuis la naissance de Jules, je ressens une certaine inquiétude dès qu'on approche mon petit, ou dès que je le confie à d'autres. Y compris à son père. Rien d'alarmant, non. Simplement une sorte de pincement, un malaise un peu flou, mélange d'angoisse et de culpabilité. L'angoisse qu'il *arrive quelque chose*, culpabilité de ne pas être là... L'instinct maternel n'est pas une invention. Pourtant, je n'y croyais pas vraiment. Plus exactement, je ne pensais pas que ça pourrait m'arriver, à moi. Avant d'y goûter...

Quand Jean-Phil est revenu dans la chambre, il m'a enveloppée de ses bras et nous avons fait l'amour. Très doucement. Pour la première fois depuis la naissance de Jules. Son corps a une odeur de nouveau-né.

— Allô, Marianne ?

Alix. Mais qu'est-ce qui lui prend de téléphoner à cette heure-ci. Il fait encore nuit...

— Quelle heure est-il ?

— Aucune idée. C'est le matin, c'est tout ce que je sais. Je rentre d'un Dubaï direct et...

— Attends. C'est pour me dire que tu es crevée que tu m'appelles ? Va te coucher, ma vieille. Tout le monde dort, à une heure pareille !

Jules dort. Jean-Phil dort. A poings fermés. Il ronfle, un léger filet de bave s'écoulant de sa bouche entrouverte.

— Non. J'appelle pas pour ça. En rentrant j'ai allumé mon ordi pour voir le courrier et...

— T'as reçu un mail de Léa ?

— Euh...

— *Ils étaient quatre et ils sont tous morts* ?

— Oui...

— T'as une idée de ce que ça peut vouloir dire ?

— Non, pas vraiment... Pour tout te dire, j'ai cru que c'était une blague. Mais... ça pourrait être les Daltons...

Léa est une aficionada de Lucky Luke. Elle dit qu'il est le deuxième homme de sa vie après Peïo. Peut-être que dans le dernier album, les Daltons meurent et qu'elle s'en réjouit... Je fais part de mes pensées à Alix, qui le prend très mal.

— Ne fais pas l'andouille ! Elle est triste. C'est un mail triste.

— Ah oui ? Et comment tu sais ça, toi ? Comment fait-on pour reconnaître un mail triste d'un mail gai ?

— Le gai est sautillant, plein de points d'exclamation. Le triste est triste.

— Avec ça...

— Alors ?

— Alors quoi ?

— T'as une autre idée ?

— Oui. Mais je ne vais pas te la dire. Pour me faire engueuler...

— Oh ! Allez...

— Non.

Au sursaut de Jean-Phil à côté de moi, je réalise que j'ai dû parler un peu fort pour les petites heures du matin. Il se dresse sur un coude, ses yeux de hibou dilatés dans le noir, fait mine de vouloir dire quelque chose et replonge dans un profond sommeil avant d'avoir proféré quoi que ce soit. Heureusement, car j'ai bien assez à faire avec Alix. Qui continue à jacter dans le combiné avec une constance de perroquet. Ou de mainate.

— Allez... Sois pas susceptible...

De mainate, oui. Au milieu de la nuit, Alix a la gouaille du mainate.

— Je ne suis pas susceptible.

— Si, t'es susceptible !

— Non !

Derrière moi, un grognement furieux. L'oreiller de Jean-Phil fait un double salto au-dessus de sa tête avant de venir se plaquer contre ses oreilles. Le pauvre vieux, il va étouffer... Et l'autre qui continue, imperturbable.

— Si. D'ailleurs, tu l'as toujours été. A l'école, tu étais toujours la première à faire la tronche.

— Je ne fais pas la tronche.

— Si, tu fais la tronche. Tu fais la tronche, tu fais la tronche, Marianne fait la tronche...

— Arrête !

— J'arrête si tu me dis quelle est ton idée. Tu fais la tronche, tu fais la tronche, en plus t'es moche quand tu fais la tronche...

— Merde ! Les Beatles. Voilà.

Silence sur la ligne. Je n'entends plus qu'une sorte de ronronnement. Et de nouveau la voix d'Alix.

— Quoi, les Beatles ?

— Quoi, quoi-les-Beatles ?

— Ils ne sont pas tous morts...

— Ah bon ? Alors ce n'est pas ça.

— Ben non.

Encore un silence et un ronronnement.

— Dis donc, qu'est-ce qu'on entend ? Tu as un chat ?

— Ouais. Depuis dix jours. C'est une copine psy qui me l'a prêté pour me tenir compagnie. Et faire diversion. Pour que j'oublie le boulot.

— Pourquoi veux-tu oublier le boulot ? Je ne comprends pas...

— Ah ! Tu sais pas ? Je suis arrêtée à la fin de la semaine. A cause du petit.

— Tu vas *vraiment* avoir un bébé ? Toi ? Avec le Grec ? Je n'y crois pas ! Mais c'est génial !

Je devrais plutôt dire *du* Grec. Dans l'esprit d'Alix, *avec* n'a jamais été une option.

— Sauf que je ne vais plus pouvoir voler pendant un an. Tu imagines ce que ça représente pour moi ? Alors en attendant que j'aie un gros bide sur lequel focaliser mon attention, ma copine m'a prêté son chat. Il s'appelle Concorde.

— Comme la place ?

— Non. Comme l'avion. Il est tout blanc avec un nez pointu, alors...

— Il ne doit pas être très beau.

— Non. Il est très moche. Mais quand il ronronne, on dirait les moteurs qui démarrent. Tiens, écoute...

Un bruit monstrueux sort de l'appareil. Elle a dû mettre l'ampli.

— Tu ne trouves pas qu'on dirait des moteurs ?

— Moi, ça me ferait plutôt penser à Jean-Phil qui ronfle. Bon, qu'est-ce qu'on fait pour Léa ?

— On y va, qu'est-ce que tu veux faire d'autre ?

— Il faut l'appeler. Pour la prévenir qu'on débarque.

— Fait. J'ai envoyé un mail.

— Et le train ? Tu crois qu'on aura des places ?

— On prend l'avion. Il y a un 8 h 35 pour Biarritz. J'ai réservé.

— Mais pourquoi pas le TGV ? C'est pratique, le train... On peut téléphoner, on peut travailler...

— Non. On prend l'avion. Je t'invite. J'ai besoin de prendre l'avion. Ça me manque, tu comprends ? Le bruit des réacteurs, les odeurs de kérosène... Putain, ça me manque...

Elle va craquer, Alix. Jamais elle ne tiendra un an sans travailler.

— A...

Sur la table de nuit, le réveil indique 4 h 10.

— ... A dans trois heures, alors ? Je passe te prendre ?

— C'est ça. En attendant, je vais essayer de dormir un peu. Allez, tcho !

— Oui... Tcho !

Pour raccrocher, je dois passer par-dessus la tête de Jean-Phil. Qui se dégage brutalement et pose un pied par terre.

— Qu'est-ce que tu fais ?

Il s'ébroue comme un cheval en colère.

— Je me lève, qu'est-ce que tu veux que je fasse ? Vous êtes chiantes, alors !

— Mais...

Je le regarde traverser la pièce sans un mot, enfiler un caleçon et se diriger d'un pas incertain vers la cuisine. Très probablement vers la machine à café. Je me retourne, essaie pendant une dizaine de minutes de retrouver le som-

126

meil, sans succès. Alors je me glisse dans une chemise de Jean-Phil et le rejoins dans le salon. Etendu de tout son long sur son canapé de cuir noir, il est retombé par inadvertance dans les bras de Morphée – seuls bras que je tolère autour de lui à part les miens. Un double expresso refroidit sur la table basse. Déçue de n'avoir personne à qui parler, je me réfugie dans la chambre avec mon ordinateur et une bonne tasse de chocolat. Pendant ces quelques heures, j'ai presque l'impression d'être redevenue célibataire.

Ils étaient quatre et ils sont tous morts... Quatre éditeurs intéressés par le livre de Léa et empoisonnés par l'encre d'un manuscrit. *Ils étaient quatre et ils sont tous morts...* Quatre marronniers centenaires abattus par l'orage... *Ils étaient quatre et ils sont tous morts...* Quatre nains de jardin sur la place du village... *Ils étaient quatre et ils sont tous morts...* Quatre poulains dans l'élevage de Peïo... *Ils étaient quatre et ils sont tous morts...*

C'est seulement en arrivant chez Léa que nous avons compris. Ils étaient quatre et ils sont tous morts. Quatre petits œufs dans le ventre de Léa, qui décidèrent de ne jamais éclore.

— Elle est où ?
Peïo nous ouvre la porte. Il porte un pull, une culotte de cheval et des bottes noires. Des larmes de fille lui couvrent le visage. Je le prends dans mes bras.
— Chut... Chut...
Je le berce comme un enfant. Comme Jules.
— Ils étaient quatre et ils sont tous morts...
— Je sais... Je sais...

J'ai les yeux qui piquent. Alix nous tourne le dos et se mouche.

— Elle... Nous n'en aurons plus jamais !

Les sanglots de Peïo redoublent. Il pleure sans retenue, sans aucune pudeur, et me broie dans son étreinte. Il faut que je dise quelque chose pour le consoler, l'apaiser, mais quoi ? On manque toujours de mots dans des cas comme ça. Ou alors on se trompe. Et inutile de chercher un soutien auprès d'Alix. Elle a piqué du nez dans son sac de voyage et nous joue les trompettes d'*Aïda* avec un paquet de kleenex. Je prends le visage de Peïo dans mes mains, le regarde droit dans les yeux et dis la chose la plus puissante que je puisse trouver.

— *Mais si...*

— Mais non ! Ça faisait un an qu'on essayait, elle croyait qu'elle était stérile, ou trop vieille, et le mois dernier, bingo, elle n'a pas eu ses règles. Il y a huit jours, elle a fait une échographie. Il y en avait quatre ! Elle était un peu surprise, mais tellement contente, elle a failli vous l'annoncer. C'est moi qui lui ai dit de ne pas le faire... Par superstition... Et puis je voulais garder le secret le plus longtemps possible, rien que pour nous... Notre secret à tous les deux... Et maintenant...

Il a la gorge nouée. Il renifle, essaie de s'essuyer les yeux avec la manche de son pull. Mais ça ne sert à rien. Une nouvelle vague le submerge. Je lui prends la main et la serre très fort.

— Où est-elle ?

— Là-bas... Dans la salle de bains...

— On peut aller la voir ?

Il fait oui de la tête. J'empoigne Alix par le bras et la tire vers la porte de la salle de bains. Elle murmure.

— Pas tout de suite. Je ne suis pas prête à affronter ça. Pas maintenant...

— Ma vieille, il est hors de question que j'y aille toute seule. Viens !

Je frappe à la porte, une petite voix à peine audible nous dit d'entrer, je pousse Alix devant moi pour être sûre qu'elle ne va pas se défiler et m'arrête, pétrifiée. Léa est nue, recroquevillée dans un coin de la douche comme un oiseau tombé du nid. Elle regarde d'un air absent le sang qu'elle perd se mélanger à l'eau et disparaître dans le trou d'évacuation. Blanche, la peau de son visage. Blanc, le carrelage. Rouges, les mains de Léa. Rouge, le sang qui tourne, qui tourne...

— Vous avez vu ? Ça part dans le sens des aiguilles d'une montre...

— C'est barce qu'on dest dans l'hébisphère Dord.

Contre toute attente, Alix réussit à trouver quelques mots pour réconforter Léa. En lui parlant de l'hémisphère Nord...

— La Terre continue de tourner... La Terre continue de tourner, bordel ! Mais pourquoi nous faire ça, à nous ? Pourquoi toi ?

Aïda de nouveau, fortissimo. Léa suit du bout des doigts l'eau qui emporte ce qui reste de son rêve de maternité. Je ferme le robinet, enroule Léa dans une serviette, l'aide à se sécher et la guide vers sa chambre. En sortant, j'éteins la lumière.

— L'histoire se finit là, hein ?

La petite voix de Léa m'arrête sur le pas de la porte. Je me retourne.

— Non.

Je sors pour cacher mon chagrin. C'est vraiment dégueulasse de voir ses rêves aspirés par le trou de la douche.

— Bon, alors qu'est-ce qu'on mange ?

Nous sommes toutes les deux dans la cuisine. Alix

et moi. La bouteille de Paddy sérieusement – mais alors *sérieusement* – entamée au milieu de la table. Léa dort et Peïo joue du piano. Un concert macabre pour évacuer sa douleur. Ça a commencé par un nocturne de Chopin. Suivi de toutes les scènes enfantines de Schumann, les unes après les autres. Et *Les Années de Pèlerinage* de Liszt, *Pavane pour une infante défunte* de Ravel. Maintenant, nous avons droit à une version pour piano de *Mort et Transfiguration*. De Strauss. Alix affirme que c'est Schubert, mais moi je suis certaine que c'est Strauss. Je l'ai étudié pour mon bac musique.

— Alors ?

Prudente, elle change de sujet.

— Alors quoi ?

— Ben... je sais pas... T'as pas faim ?

A la réflexion...

— Si. Un peu.

Il est déjà sept heures et nous n'avons rien mangé de la journée. Le ventre d'Alix doit commencer à faire des bonds. Avec tout le Paddy...

— Qu'est-ce que tu sais faire ?

— Comment ça ?

— En cuisine. Tu sais faire des trucs, toi ? Parce qu'il ne faut pas compter sur Léa pour nous faire à bouffer...

— Ah oui. Bien sûr. Je peux faire... euh... des pâtes.

— A quoi ?

— A quoi quoi ?

— Les pâtes. Quelle sauce ?

— Ben... natures. Avec du beurre et du gruyère râpé.

— Comme à la cantine. C'est pas très folichon.

Elle m'emmerde. Elle n'a qu'à le faire, elle, le dîner. Et l'autre qui se met à jouer *La Marche funèbre*...

— Et toi alors ? Tu connais bien au moins *une* recette ?

— Ouais. Les œufs à la coque. Mais il n'y a pas d'œufs.

— C'est tout ? Nul !

— Qu'est-ce que tu crois ? A l'ENAC, on n'apprend pas à faire la cuisine. C'est un truc de gonzesses.

Vieux débat. Régulièrement, quand Alix faisait son école d'aéronautique, les garçons lui disaient : « T'es vachement mignonne. Tu devrais faire hôtesse ! » Ça la rendait dingue. Du coup, elle a mis un point d'honneur à ignorer toutes les tâches traditionnellement imparties aux femmes : cuisine, ménage, repassage... Je me demande comment elle va se débrouiller avec son bébé.

— Et Peïo ? Tu crois qu'il s'y connaît ?

— Ça m'étonnerait. C'est un homme des bois.

— Peut-être que les nouveaux hommes des bois font la bouffe. T'as vu, Peïo, il tient déjà le bon bout : il pleure.

— Tu as raison. Je ne l'aurais jamais cru capable d'exprimer ses sentiments comme ça. Tiens, regarde qui vient.

— Quand on parle du loup... Ben qu'est-ce qui t'arrive, Marianne, pourquoi t'es toute rouge ? Passe au vert !

C'est l'histoire du loup qui m'a fait piquer un phare. Des fantasmes déplacés. Fichus dictons.

— Dites donc, les filles, vous n'avez pas une dent, là ?

— Si. Un peu.

— On s'ouvre un confit et une bonne bouteille. Ça nous requinquera.

Peïo a toujours les yeux rouges mais il semble avoir repris du poil de la bête. Il a décidé de lutter. Il attrape une boîte dans un placard, et en fait revenir le contenu dans une cocotte. Alix épluche quelques pommes de terre – ça, elle sait faire, c'est presque du bricolage. J'ouvre le vin, un madiran 97 assez boisé.

— Ouah ! Il bande bien pour son âge !

Alix a parfois de ces expressions !

— Franchement les filles, avec tout le Paddy que vous avez biberonné, il n'y a qu'un vin comme ça qui puisse tenir la route. Tiens, Marianne, fais-nous goûter !

Je nous sers tous les trois. Peïo lève son verre. Il tremble encore un peu.

— A la vie, les filles ! A la vie qui continue !

Très jeune, je me suis aperçue que les hommes préféraient les blondes. Allez savoir pourquoi ! J'étais encore en train de m'interroger sur le mode d'emploi de mes nouveaux seins, savoir s'il fallait les montrer ou les cacher, les laisser en liberté ou au contraire les emprisonner dans des dessous affriolants. Mes copines blondes, elles, savaient déjà tout sur le zizi, et contrairement à la chanson, n'en disaient rien à personne. Plus tard, une radasse de cette sale engeance m'a soufflé mon premier petit copain dans une boum, en lui agitant littéralement *sous le nez* ses mamelles de vache pré-pubère.

Depuis, franchement, les blondes me débectent. Et comme Alix et Léa pensent comme moi, nous avons inventé un jeu : le blond-killing. BK pour les initiés. Une sorte de vaudou sur poupée Barbie. Réservé aux grandes occasions. Et aux jours où tout va mal.

— Alors, on s'en fait une ?

— Quoi ?

— Une blonde. On se fait une petite séance de BK ?

— Bof...

Nous sommes toutes les trois dans la cuisine, en train d'essayer de faire avaler un petit déjeuner à Léa. Céréales et chocolat. Alix s'est emparée de la cuiller et lui administre la becquée.

— Une cuillerée pour Papa...

Je lui envoie un grand coup de pied dans les tibias et lui glisse dans l'oreille un « t'es conne ou quoi ? » en la fusillant du regard. Peu habituée à m'entendre employer un vocabulaire ordurier, elle sursaute et se reprend.

— ... geno. Le grand bonhomme habillé en oiseau dans *La Flûte enchantée*. Papageno, tu vois qui c'est ?

Léa acquiesce. Ouf ! Sauvées par Mozart. Mais la gaffe n'est pas passée loin. Je commence à déballer tout notre attirail de BK. Une Barbie, grande, blonde et bête. Un mini short rose avec une fleur sur la poche et des franges dans le bas. Un top rayé vert et mauve, très échancré sous les bras. Des grandes bottes vernies fuchsia. Un long manteau de fourrure synthétique violet. Des ciseaux. Un cutter. De la colle, du papier de verre et des fils de laine noire. Du papier bulle. Une cigarette et des épingles.

— Voilà. Elle s'appelle Samantha. Allez, Léa. A toi l'honneur !

Résignée, Léa prend les ciseaux et coupe les cheveux de la poupée. Mèche par mèche, jusqu'à ce qu'il ne reste que quelques touffes éparses sur le sommet de son crâne en plastique. Elle contemple son œuvre, satisfaite, esquisse ce qui ressemble à un sourire et la tend à Alix. Alix pique les seins de la blonde avec l'épingle. Nous faisons « pff... », pour imiter le bruit de la baudruche qui se dégonfle, et Alix agite la poupée dans l'air comme un ballon échappé de la bouche d'un enfant. Elle lui rabote les deux seins au cutter, et entoure ses fesses et ses cuisses de papier bulle. La cellulite...

— Mets-en sous les bras !

— Quoi ?

— De la cellulite. Les vraies femmes, elles en ont sous les bras !

— Pas toujours...

133

— Si, si. Ça finit toujours par pousser. Allez, sois sympa, mets-en un peu...

Alix pose une bande autour de chaque bras.

— Et des poils ! Mets-lui des poils !

— Ah non ! La fourrure, c'est mon rayon !

J'attrape la créature et commence à lui dessiner au feutre indélébile de petits points noirs sur les jambes, les cuisses, le dessus des pieds et les orteils. Je remonte sur le ventre, les fesses, et j'en rajoute pour le fun quelques-uns sur la poitrine. Plus un grand sur le menton. Je colle sous les aisselles deux bouquets de laine bien noire, et une petite moustache de papier de verre sur le visage.

— Ben dis donc ! Tu l'as pas loupée. On dirait un Grec...

Léa rit. Ça fait du bien de la voir comme ça. Alix se touche le ventre. Moi, je me demande pourquoi c'est si mal vu pour une femme d'avoir des poils. Le féminisme nous a donné le droit de vote mais pas le droit d'être velues. Pourtant, ça simplifierait bien les choses...

— Allez. Maintenant, on la rhabille !

Avec son short qui ne ferme pas, son top au-dessus du nombril, ses mollets boudinés et sa peau d'orange, Samantha ressemble à une vieille actrice alcoolique. Pathétique. Quand, pour en finir, on lui ouvre le crane, on ne voit pas de cerveau. C'est un peu comme les perles dans les huîtres : il paraît que ça existe mais on n'en trouve jamais.

Aujourd'hui, Léa est allée à l'hôpital pour finir sous anesthésie générale ce que la nature avait commencé. Pendant qu'elle était en salle de réveil, un médecin a dit à Peïo d'un air contrit : « Votre femme va bien mais elle a perdu les bébés. » Peïo l'a empoigné par le revers de sa blouse et lui a cassé la figure. Fracture du nez, ouverture de l'arcade sourcilière, deux dents... Bien fait. Il n'avait qu'à pas parler comme un héros de sitcom américain.

J'éteins mon ordinateur, finis la mousse au chocolat qui reste dans un petit bol au frigo, passe par la chambre de Jules pour le regarder dormir et me glisse sous la couette. Immédiatement, les grandes jambes velues de Jean-Phil viennent faire des nœuds avec les miennes, sa main se pose dans le creux de mes reins, il gémit en se retournant et se met à ronfler. Il faudra que je pense à l'emmener au garage. Je ferme les yeux et essaie de m'endormir sans avoir peur de mes rêves.

L'affaire Dubois *vs* Dubois ne se passe pas bien. Non seulement ma cliente est toujours absente, mais la partie adverse vient de prouver qu'elle avait un amant. Billets d'avion et reçus d'hôtel à l'appui. D'après l'avocat, il y aurait même des photos... Quand je lui en ai parlé, elle m'a répondu tout de go qu'elle ne voyait pas le problème. Dans la mesure où il était communément admis que les hommes aient des aventures en voyage d'affaires, pourquoi pas elle ? Parce qu'elle est en instance de divorce, parce qu'elle veut obtenir la garde de ses enfants, et parce que quoi qu'on en dise, on n'admet pas forcément d'une femme ce qu'on trouve normal chez un homme. Voilà pourquoi. Et parce que je ne suis pas sûre d'avoir envie de me compromettre pour défendre une hommasse antipathique.

Je suis au tribunal pour plaider l'affaire Dubois. Jean-Phil est assis au fond de la salle d'audience, en spectateur. Ma robe est froissée, j'ai filé un collant en sortant de la voiture, et le juge est bien ce type qui a créé le forum « Sauvez les hommes ». L'avocat du mari vient de prouver purement et simplement l'incapacité de ma cliente à

137

prendre ses enfants en charge, du fait de sa carrière et de ses préoccupations extraconjugales. Le juge a l'air acquis à sa cause. Je vais avoir du pain sur la planche.

Je me lève en faisant tomber mon dossier, le ramasse en rougissant, ferme les yeux un instant pour rassembler mes esprits et entame ma démonstration. J'ouvre la bouche pour défendre ma cliente, et c'est la voix de Jean-Phil qui en sort pour l'accabler. Le juge me pose une question ; c'est Jean-Phil qui répond, allant dans le sens de la partie adverse.

— Maître, vous me surprenez. Vos arguments ne plaident pas en la faveur de votre cliente.

— C'est parce que je me suis trompée, monsieur le président... Ethiquement, en tant que femme et en tant que mère, je ne peux pas défendre la cause d'une congénère qui abandonne son mari et ses enfants...

Jean-Phil continue à s'exprimer à travers moi, et j'assiste, impuissante, au sabotage de mon dossier. Je voudrais l'arrêter mais je suis muette, et personne à part moi ne semble conscient de sa présence. Le juge se lève pour prononcer son verdict...

Le réveille sonne. Je fais un bond et me cogne contre la table de chevet.

— Mais enfin, ma chérie, qu'est-ce qui t'arrive ?

— Occupe-toi de tes fesses !

Je m'enferme dans la salle de bains en claquant la porte.

— Je ne peux plus le supporter !

— Mais enfin qu'est-ce qui t'arrive ? Tu ne supportes plus *qui* ?

Léa et Alix me regardent avec des yeux ronds. Je me refais une tartine de rillettes.

— Jean-Phil. Depuis qu'il s'est installé à la maison à plein temps je... Ce n'est plus pareil. Il... Il me bouffe mon univers, voilà. Il envahit l'appartement de sa présence, de son odeur, de sa musique... Tout est rangé selon *ses* critères, je ne retrouve plus rien, ça me rend folle. Et il est toujours là à me regarder. Ses yeux, vous n'imaginez pas comment sont ses yeux. Noirs, pénétrants. Inquisiteurs. J'ai de plus en plus l'impression qu'il m'analyse comme si j'étais un *personnage* et qu'un jour je vais me retrouver dans une de ses pièces. J'ai... C'est comme si je vivais dans un *regard* en permanence, jugée, jaugée, c'est très inconfortable. Je ne me sens pas capable de passer le restant de ma vie comme ça... Et en plus il cuisine tous les soirs... Blanquette de veau à l'ancienne, navarin d'agneau aux petits légumes... Plus moyen de se faire un yaourt et un Paddy devant la télé. Si ça continue, je vais devenir obèse...

Ça devient une obsession. Le poids. Même si je ne fais rien pour en perdre, à part de temps en temps douze heures de régime stupide à base de yaourt et de bouillon de légumes pour me donner bonne conscience, depuis ma grossesse je contemple les aiguilles de la balance et les fermetures éclair de mes jupes plus souvent qu'avant. Pourtant, je ne devrais pas, ça me fait du mal. Je ne vois pas pourquoi je me complais dans ce genre de torture mentale. Peut-être parce que l'aspect tangible de la matière – seins, fesses, cuisses, hanches... – me donne le sentiment d'exister ? La voix douce de Léa me rappelle à l'ordre.

— Mais c'est normal. C'est jamais évident de vivre avec quelqu'un, au début... Moi, avec Peïo...

Peut-être. Mais...

— Il n'écoute pas ce que je dis, il rôde autour de moi quand je téléphone, et même, il intervient sans savoir qui est au bout du fil. C'est comme ça qu'il m'a fait inviter sa mère à dîner en croyant que c'était un de nos copains. Ah !

139

et en plus il monopolise la ligne pendant des heures soi-disant pour chercher de la doc sur Internet.

— Mais il est attentionné...

— Oui, c'est ça, il est... attentionné. Il me tient la porte, m'emmène au théâtre, commande pour moi au restaurant... L'autre jour il m'a offert une bague d'ambre... vous savez la matière jaune qui contient de l'ADN de mouche préhistorique... Avec les anchois, c'est une des choses que je déteste le plus au monde, l'ambre. Mais il ne peut pas savoir, le pauvre, il ne me demande jamais mon avis...

Mon réquisitoire contre Jean-Phil commence à prendre une forme de condamnation. C'est fou ce qui peut ressortir dès qu'on commence à *dire* les choses.

— Et puis il est tout le temps fourré avec Jules. Quand ils sont ensemble, je n'existe pas. Plus moyen d'avoir un moment en amoureux. Ce n'est plus un *homme* que j'ai à la maison, c'est un *père*. Doublé d'un... d'une... ménagère, voilà. Mon mec est une ménagère de moins de cinquante ans. Comment voulez-vous que je l'admire ?

Je suis de mauvaise foi. Je suis bien contente d'avoir un père à la maison pour prendre le relais de la nounou quand je rentre tard. Et c'est bien pratique qu'il fasse les courses, la cuisine, un peu de rangement, qu'il emmène Jules chez le pédiatre, au square, que sais-je encore... Mais d'un autre côté, je n'ai pas l'impression de vivre avec un homme. Un vrai. Et ça, ça commence à m'attaquer sérieusement le moral. Et la libido.

Les filles éclatent de rire. Un rire énorme, irrépressible, pas très féminin, qui prend de l'ampleur dès qu'elles se regardent. Léa en a les larmes aux yeux. En fait, les larmes sortent des yeux et coulent sur son visage de... bouledogue. C'est ça, quand elle rit, Léa, elle a la figure toute ridée comme un bouledogue qui aurait fait un régime. On dirait Bébel... Devant leur incompréhension manifeste, je me sens toute démunie.

— Mais enfin, les filles ! Ce n'est pas drôle...

— Non...

Elles se gondolent tellement qu'elles ne peuvent plus parler.

— T'as raison... C'est pas marrant... Pas marrant du tout...

— En fait... C'est... C'est plutôt triste, même. Regarde, je pleure !

Alix pouffe en émettant une sorte de vrombissement et elles repartent de plus belle. Je décide de leur assener le coup de grâce.

— En plus, il dit « tcho », maintenant !

— Ah *ça*, c'est dégueulasse. C'est à nous. Déposé. *Personne* n'a le droit de s'en servir !

Elles continuent pourtant à glousser comme des volatiles.

— Mais qu'est-ce que je vais faire, moi ?

— On sait pas, ma vieille...

— Aucune idée...

— Ouais... Vraiment aucune...

Tout d'un coup, je sens moi aussi l'hilarité qui me gagne. Le stress. La contagion. Je ne sais pas. J'attrape le tablier de Léa pour m'essuyer les yeux. Je ris mécaniquement. Mais je sens bien qu'au fond de moi, le cœur n'y est pas.

— Ecoute, Marianne. Le manque de virilité de Jean-Phil...

Léa m'attire avec elle sur le canapé. Elle me contemple d'un air extrêmement concerné.

— Je n'ai pas dit ça, dis donc... Il n'est pas devenu impuissant !

Elle sourit. Hoche la tête. Hausse les épaules. Les yeux au ciel.

— Marianne. Pourquoi prêtes-tu attention *seulement* à ce qui dépasse ? Je ne mets pas en doute une seule seconde le fait que Jean-Phil bande encore. C'est... mécanique. Et puis il t'aime, lui. Non. Ce que j'essaie de t'expliquer, c'est que ton mec est un pur produit du féminisme à outrance. C'est vous qui l'avez inventé, cette espèce d'homme-femme qui couche avec vous après avoir fait la vaisselle et rangé la cuisine. Avec un goût d'ail et de Paic citron sur les mains. C'est vous qui l'avez voulu, demandé à cor et à cri, l'égalité entre les sexes, le partage des tâches ménagères, l'implication des pères dans le quotidien de leurs enfants. Vous devenez de plus en plus masculines, les hommes qui vous accompagnent deviennent de plus en plus féminins du fait qu'ils remplissent des fonctions que *vous-mêmes*, culturellement, attribuez aux femmes. Parce qu'au fond, il n'y a pas plus misogynes que vous, les walkyries des temps modernes. Et du coup, qu'est-ce qui se passe ? Ils ne vous plaisent plus, ces hommes. Ils ne vous font plus fantasmer. Vous ne les admirez plus. Mais dis-toi bien une chose, Marianne : des mâles virils et poilus qui changent les couches et passent l'aspirateur, ça n'existe nulle part ! Même pas dans les pubs. Alors il faut savoir ce que vous voulez. C'est l'histoire du beurre et de l'argent du beurre...

Silence. Je m'enfonce un peu plus dans les coussins. Alix entortille une mèche autour de son majeur droit. Au bout de quelques longues minutes, elle soupire :

— Faut quand-même pas déconner... Tu exagères un peu, Léa.

— A peine. En fait... à peine...

Le pire c'est qu'elle n'a pas tort, Léa. Bon, le coup de l'égalité, elle qui ne travaille pas, elle n'en a pas forcément saisi tous les enjeux. Mais sur le plan humain, elle a raison. Si les hommes et les femmes se mettent à remplir les mêmes fonctions dans la société, cela voudrait-il dire que notre espèce serait en train d'évoluer vers une représentation unique et asexuée ? Et qu'à terme, pourquoi pas, les organes qui nous différencient pourraient n'être plus que des *parures* destinées à reconnaître les porteurs du chromosome Y des porteuses de X ? A seule fin de reproduction ? Et même, allez, qu'ils pourraient finir par se résorber et disparaître ? A notre grand désarroi. Nous deviendrions tous des androgynes hermaphrodites. Comme les escargots. Tout ça parce qu'il y a des milliers d'années les femelles se seraient mises à porter des pantalons et auraient obligé leurs mecs à passer l'aspirateur.

Sommes-nous, froidement, légalement et en toute impunité, en train de *castrer* le mâle humain ?

C'est bien beau tout ça mais ça n'arrange pas mes affaires avec Jean-Phil.

Pour faire la terrine de foie gras, il suffit de mettre un foie d'oie ou de canard d'environ 400 grammes dans une terrine avec un peu de gros sel, du poivre à steak et une cuillerée à soupe de bon armagnac, et le tout dans un bain-marie au four à 180 degrés. 18 minutes. On laisse ensuite refroidir dans le bain-marie – mais hors du four –, on met dans le bas du frigo et on déguste le lendemain. Avec du pain grillé et un verre de jurançon moelleux ou de sauternes. Léa l'a préparée hier pour le déjeuner d'aujourd'hui.

— C'est de l'oie ?

— Non, du canard. Je préfère, c'est plus onctueux.

Et puis c'est très difficile de trouver de l'oie, plus personne ne veut en gaver.

— Pourquoi ?

— Trop contraignant. Les oies, on doit les gaver trois fois par jour, à heures fixes, pendant vingt-sept jours. Les canards, c'est seulement deux fois par jour pendant dix-huit, vingt jours... Alors...

D'un air dégoûté, Alix triture dans son assiette.

— C'est quoi les bouts rouges, là ?

— Ça ? Ça doit être un petit nerf, c'est rien du tout... Tiens, voilà.

De la pointe de son couteau, elle retire le bout rouge en question.

— C'est repoussant. Dans les barquettes que j'achète au Monop', je ne rencontre jamais de trucs pareils. C'est lisse, facile à tartiner...

— Normal. C'est du bloc. Ou de la mousse. De l'industriel. Rien à voir avec le vrai foie gras maison. Qui reveut du vin ?

Alix tend son verre.

— Moi !

— Moi aussi, je veux bien.

— Ben dites donc, les filles, vous avez une sacrée descente !

C'est Peïo. Il est rentré dans la pièce comme un chat. Il attrape la main de Léa, l'attire contre lui et embrasse ses cheveux.

— Hmm ! Tu sens bon, toi... Qu'est-ce que vous avez fait ce matin ?

— Levées très tard, attaqué aux rillettes et refait le monde...

— Vous avez dit beaucoup de mal des hommes, comme d'habitude ?

Ses yeux sourient. Ça l'amuse beaucoup, Peïo, ces

conversations de filles dont il n'entend que des bribes, au gré de ses allées et venues dans la maison. Il a l'impression de pénétrer dans un univers interdit.

— Non, pas trop... Seulement de Jean-Phil.

— Il fait passer son rôle de père avant son rôle d'amant...

— Je n'ai pas dit ça ! Enfin... pas tout à fait...

Comme souvent, elles ont lu entre les lignes. C'est vrai que Jean-Phil et moi faisons moins l'amour ces temps-ci, parce qu'il y a toujours un biberon à donner, une berceuse, une caresse, une dent qui pousse... Et parce que nous somme crevés. Peïo sourit.

— C'est marrant ce que vous dites, les filles. En général, c'est ce que nous les hommes reprochons aux femmes... De nous abandonner au détriment de leur nain.

— Et c'est pour ça que vous allez voir ailleurs !

Léa lui tend un verre et une tartine, et vient s'asseoir sur ses genoux, possessive. Elle pose la tête sur son épaule. Une seconde, elle est loin. Elle me rappelle Jules quand il fait un câlin à son père. Tendre. Fragile. Confiant.

— Non mais sérieusement, qu'est-ce que je peux faire ?

Nous revenons d'une balade dans la montagne. Nous avons vu des lacs, des biches et des écureuils mais je n'ai pas beaucoup avancé dans le dossier Jean-Phil.

— Comment ça ?

— Pour Jean-Philippe...

Alix hausse les épaules en signe d'impuissance. Léa se caresse un sourcil.

— Ah, lui... Au stade où tu en es, t'as pas trente-six solutions...

— Soit tu t'habitues à vivre avec lui, vous vous mariez et on n'en parle plus...

— Je ne pourrai jamais m'habituer. Ça fait trop longtemps que je vis seule. Et j'ai trop peur de me marier. Je ne sais pas si c'est par déformation professionnelle, mais l'idée de construire une famille alors que je passe ma vie à en défaire me terrorise.

— Dans ce cas, ma vieille, tu n'as qu'une seule solution. Sois honnête avec lui et dis-lui de partir.

Je me doutais bien de ce qu'elles allaient dire, mais quand même. Le fait de l'énoncer, de le rendre réel... ça fait bizarre.

— Mais comment ?

— Ecoute. C'est pas à un vieux singe qu'on apprend à faire la grimace...

Une grande fatigue m'envahit. Pourquoi faut-il que je décide, moi ?

— Bonobo... Un vieux bonobo...

— Si tu veux. Tu fais comme avec les autres...

Avec les *autres* ? Mais ils n'ont jamais *compté*, les autres. Je n'ai pas eu d'*enfant* avec les autres...

— Tu lui dis de prendre ses valises et de rentrer chez lui. Simple.

Oui. Mais est-ce que c'est vraiment ce dont j'ai envie ?

— C'est un peu rude, non ?

— Tu peux y mettre les formes. Tu peux lui dire que ça ne vient pas de lui. Que c'est toi qui n'es pas prête. Pas assez mûre. Que t'as la trouille. Je sais pas, moi, un truc dans le genre pour épargner son ego.

— Tu peux lui faire un cadeau. Ça marche bien, les cadeaux...

— Mais ça va lui faire de la peine...

— Bien sûr que ça va lui faire de la peine. Mais dans

le fond, qu'est-ce que t'en as à foutre ? Tu veux qu'il s'en aille, non ?

Oui. Non.

— Mais... c'est quand même le père de mon enfant... le père de Jules...

D'un geste nerveux, j'éparpille les petites boules de mie de pain qui se sont accumulées autour de mon verre.

— Marianne. Ne sois pas obtuse. Tu passes douze heures par jour à démonter des couples et à imaginer des scénarios pour les questions d'organisation, dont la garde des enfants et le droit de visite. Alors ne me dis pas que le fait que Jean-Phil soit le père de ton fils te bloque au point de ne pas pouvoir t'en séparer. Pour toi, c'est de la routine, ça, merde !

Techniquement, elle a raison, Alix. Si seulement les choses pouvaient être aussi faciles quand il s'agit de sa *propre* vie.

— Ben non. Tu vois, c'est plus facile à faire pour les autres que pour soi... En plus, il n'est pas dit que j'aurai la garde.

Je n'avais pas pensé à cet aspect des choses. Mais si Jean-Phil et moi nous nous séparons, le problème va se poser. Avec qui vivra Jules ? Jean-Phil est capable de se battre comme un chien pour avoir tous les droits. Je ne veux pas voir mon bébé un week-end sur deux...

— Arrête. Tu sais parfaitement que la mère obtient *toujours* la garde...

— Non, Léa. Détrompe-toi. Je viens de perdre une affaire où non seulement la mère n'a pas eu la garde de ses enfants, mais en plus elle a été condamnée à verser une pension de quinze mille francs par mois à son ex... Bon, d'accord, elle n'était jamais là, elle gagnait des paniers de fric et le mari bossait à la maison. Mais quand même. Les choses ont changé. C'est hyper-risqué aujourd-d'hui de divorcer.

— Tu ne divorces pas. T'es pas mariée.

— Dès que tu as un enfant, c'est pareil. Tu rentres sous le coup de la loi avec les mêmes procédures et les mêmes obligations qu'un couple marié. Un enfant, c'est un lien beaucoup plus fort que n'importe quel contrat...

— Ou n'importe quel sacrement. Chacun le voit à sa manière.

Alix pose la main sur son ventre, perdue dans ses rêves. Elle soupire avec une sorte de satisfaction. Ou de soulagement.

— Putain, j'ai de la chance que le père de celui-là flotte en Méditerranée. Au moins, je ne risque pas de le voir débarquer chez moi...

— Ça non. Et puis il doit s'en sauter tellement qu'il ne va pas imaginer trente secondes qu'il a pu procréer. Je parie qu'il ne se souvient même pas de toi.

Pleine de tact, Léa. Et contente d'elle, par-dessus le marché. Une lueur de pure jubilation flotte dans ses magnifiques yeux noirs.

— Dis pas ça. C'est désagréable... Bon. J'ai faim, moi. T'aurais pas un petit goûter ?

Léa beurre des tranches de pain et sort une plaque de chocolat à croquer. Amer. 70 % de cacao. Plein de magnésium et de lithium. Un super-Prozac. En mieux. Marre des gélules vertes.

— Bon alors moi, les filles... qu'est-ce que je fais ?

— Oh ! toi...

Elles échangent un coup de coude.

— Si tu veux pas te marier...

— Si tu veux pas cohabiter...

— Si tu veux pas lui faire de peine...

— Si tu veux pas qu'il fasse de scène...

— Si tu veux pas qu'il pique ton Jules...

— Si tu veux pas l'virer d'chez toi... Merde ! Ça rime pas !

— T'as qu'une chose à faire, ma vieille : donne-lui envie de se barrer tout seul. Sois tellement odieuse qu'il prendra lui-même ses jambes à son cou.

Dont acte. Quatrième résolution.

12 manières soft pour se débarrasser de lui :
- Arrêter de s'épiler.
- Faire une déprime.
- Prendre 10 kilos.
- Lui parler de ses ex (les nôtres, pas les siennes). Si le simple fait d'en parler ne suffit pas, en rajouter en disant qu'ils avaient une plus grosse voiture que lui. En désespoir de cause, laisser entendre qu'ils avaient aussi une plus grosse... vous voyez ce que je veux dire. L'ego du mâle se situant en deux endroits distincts – le portefeuille et le Calvin –, l'attaque devrait être fatale.
- Gagner plus d'argent que lui.
- Lui dire qu'avec lui, on a toujours simulé l'orgasme.
- Arrêter de simuler l'orgasme.
- Arrêter de simuler quoi que ce soit et prendre un bouquin ou regarder la télé avec le son *pendant l'acte*.
- Lui poser des lapins.
- Pire : ne pas lui poser de lapins mais venir à ses rendez-vous avec un copain. Encore mieux si c'est son meilleur copain. Encore mieux s'il a une plus grosse

voiture. *Et* une plus grosse... Mais encore faut-il être capable de le prouver.

    – Lui présenter une copine mieux roulée que vous et pas farouche. Si vous avez suivi les trois premiers points, ce ne devrait pas être trop dur...

    — Je ne me sens pas capable de m'engager dans une relation stable et définitive.

Jean-Phil est installé dans le salon, les pieds sur la table basse. Il refait pour la énième fois la liste des invités à *notre* mariage. Jules essaie de nourrir le magnétoscope avec des Smarties.

De la cuisine s'échappent des odeurs de surcharge pondérale. Jean-Phil pose son crayon, attrape son fils, le cale sur sa hanche et me regarde, intrigué.

    — C'est pour nous que tu dis ça ?

    — Non, non... Mais enfin le mariage, la vie en famille, tout ça... Je ne sais pas si c'est vraiment mon truc.

Je bute sur les mots. Je sens un nœud se former au niveau du diaphragme. Je... C'est plus dur à dire que je ne l'aurais cru. Peut-être que si je mettais ma robe d'avocate ça se passerait mieux.

    — Tu sais, Marianne, ce que tu ressens en ce moment est absolument normal. Tous les couples qui vont se marier se posent ce genre de questions avant de sauter le pas. Surtout à notre âge, quand on est habitué à être indépendant. En plus, toi, tu n'as jamais eu de famille...

Sa voix prend des inflexions très tendres. Il caresse le front de Jules en parlant.

    — Mais tu verras. Tout se passera bien. Tu as simplement besoin d'une période d'adaptation. Je t'aiderai. C'est mon rôle, maintenant.

Il sourit et se replonge dans la liste. Nulle. Je suis nulle. J'y étais presque. Quand il a demandé si je disais ça *pour nous*, j'aurais dû répondre oui, au lieu de rester évasive et de laisser des portes ouvertes partout. Maintenant, il n'y a plus qu'à recommencer.

— Où est passée la carte avec les numéros de téléphone qui était sur le frigo ?

Jean-Phil sort la tête de son bain moussant au clou de girofle. Avec ses cheveux qui lui dégoulinent le long du visage, il me fait penser à un lévrier afghan.

— Tu m'as parlé ?

— Oui, j'ai demandé où étaient les numéros de téléphone. Tu sais, ceux...

— Ah oui ! J'ai tout mis sur ton bureau. D'ailleurs, tu ferais bien de faire du tri.

Il cligne des yeux pour se débarrasser des petites gouttes qui lui rentrent sous les paupières.

Charitable, je lui tends une serviette.

— Ça pue, ton truc...

Le clou de girofle dégage cette odeur caractéristique des cabinets de dentiste. Dire qu'on appelle ça de l'aroma-*thérapie* ! Je m'éclipse en fermant ostensiblement la porte. Dans la cuisine, le frigo tient lieu de panneau d'affichage. Une myriade de post-it forment le puzzle de notre mariage. Tous rédigés de la main de Jean-Phil, au fur et à mesure que son dossier avance. D'après ce que je peux lire, l'affaire est largement dans les tuyaux. *Confirmer traiteur. Pains-surprise. Alliances. Pièce montée 500 choux.* 500 choux ? Mais elle va faire la taille de la tour Eiffel ! *Jonchée. Fleurs en papier. Bouquets. Mère.* Grrr... *Attelage. Retraite : dates.* Retraite ? *Costume Jules.* C'est mignon, il a même pensé à habiller Jules. Un flot d'affection me submerge malgré moi. *Peïo.* Peïo ? *Samedi 9 juin.* SAMEDI 9 JUIN ! Mais c'est dans TROIS mois ! Pas étonnant que la mère de Jean-Phil me harcèle au téléphone pour savoir de quelle couleur est ma robe. Il faut vraiment que je me bouge.

— C'est à cette heure-ci que tu rentres ?

Assis par terre, entouré des feuillets de sa nouvelle pièce, Jean-Phil lève vers moi un regard surpris. Jules joue tranquillement dans un coin avec une chaussette.

— Ben oui.

— Il est vachement tôt !

— C'est vrai, mais j'avais envie de voir un peu Jules. Il a déjà quoi... huit mois ! Tu te rends compte ! Et je ne l'ai même pas vu pousser.

Distraitement, je lui pose un baiser sur les lèvres et m'accroupis sur le tapis. Mon fils tend les bras en me reconnaissant, fait un grand sourire avant de tomber sur le côté, déséquilibré. Devançant Jean-Phil qui s'est précipité, je le prends sur les genoux et le console. Il agite la tête en essayant de parler. Pa...pa...pa...pa...pa.

— Et moi ! Tu n'es pas rentrée pour me voir ?

— Oh ! toi... je te vois tout le temps !

J'ai tenu une semaine avec des poils sous les bras et les jambes pas très nettes. Jean-Phil ne s'est aperçu de rien et j'ai craqué. Maintenant, j'en ai pour un mois avant que ça repousse. Il est hors de question de faire une déprime et de prendre dix kilos. Peut-être que si je prenais dix kilos je ferais une déprime, mais tel que je connais Jean-Phil, il me soignerait au Prozac et mitonnerait des petits plats minceur. C'est son côté saint-bernard. Je...

— Jean-Phil ? Tu te souviens de Christopher, le banquier que je t'ai présenté au réveillon l'année dernière ?

Jean-Phil vient de rayer rageusement deux noms sur sa liste. Il répond sans même me regarder.

— Non. Je ne vois pas...

— Mais si ! Le grand blond en Armani qui est arrivé en coupé Jaguar. Tu as même dit que c'était une voiture mythique et que si un jour tes pièces marchaient tu t'en offrirais une !

154

Assez vache comme attaque.

— Ça ne me dit rien...

Ça ne lui fait rien non plus. Il mange le bout de son crayon en recomptant les invités. Essayons autre chose...

— Tu sais... je l'ai revu. On a déjeuné ensemble... Plusieurs fois, même. Il est génial ! Drôle, cultivé, élégant...

Pas de réaction.

— Attentionné...

Jean-Phil ne bouge pas. Même pas un sourcil.

— *Tendre...*

Jean-Phil fait celui qui n'a rien entendu. Son visage est indéchiffrable.

— J'aimerais bien l'inviter au mariage.

— Ah bon ? Mais on ne le connaît presque pas ! Enfin, si ça peut te faire plaisir... Il s'appelle comment, déjà ?

— Euh... Christopher. Christopher Turlington.

— Comme Christie ?

Je le vois rajouter le nom en bas de la liste. C'est malin ! Non seulement il n'est pas jaloux, mais en plus il va falloir que je trouve un Chippendale en Armani qui se fera appeler Christopher. Et une Jaguar. *Ça se loue, non ?*

— Et... Ma chérie... Tu vois que tu commences à t'habituer à l'idée du mariage : tu veux même inviter quelqu'un.

Vrai. Non seulement maintenant j'en *parle*, mais j'y *pense* comme s'il allait avoir lieu. Jean-Phil parcourt une nouvelle liste.

— Ah tiens ! Pour les pains-surprise, je peux avoir rillettes de saumon ou mousse de foie gras. Tu préfères quoi ?

Il passe à autre chose sans attendre ma réponse. Qui ne vient pas d'ailleurs. Je réalise que si on en est à choisir le parfum des pains-surprise, je suis refaite. A moins que...

10 manières hard de se débarrasser de lui :
– Utiliser son computer et le planter. Systématiquement.

– Effacer *sans faire exprès* son dernier manuscrit de l'ordinateur. Avoir pris au préalable la précaution de perdre la disquette *et* la sortie papier.

– Devenir bouddhiste. Faire le lotus dès qu'il rentre dans la pièce et lui demander sans cesse des nouvelles de ses chakras. S'il commence à critiquer votre chakra de morue, c'est que vous tenez le bon bout.

– Lui déplacer les boutons de ses chemises et de ses pantalons. Remplir le frigo de yaourts 0 % et lui suggérer de faire du sport.

– Appeler sa mère et lui dire que vous lui avez refilé le sida.

– Appeler sa mère et lui dire qu'*il* vous a refilé le sida. Comme elle est un peu lente, laisser entendre qu'il a passé quinze jours cet été avec Jean-Luc à Mykonos.

– Lui mettre des sardines dans son pot d'échappement.

– Passer toutes ses chemises à la machine (90°) avec la nouvelle nappe rouge que vous avez rapportée du Mexique. Ça marche aussi avec ses chaussettes, noires de préférence.

– Donner son numéro de téléphone à 3615 Belblonde. Variante : donner son numéro à 3615 Beaublond.

– Mettre de l'arsenic dans le pot de parmesan.
Ah ! Et aussi :
– L'inscrire dans un club de golf.

J'ai trente-sept ans. C'est à cette occasion que j'ai eu la bague en ADN de mouche. La mère de Jean-Phil, qui se prend déjà pour ma belle-mère, m'a offert un chapeau rose pâle qui sent la naphtaline. Mon fils dit « papa » en boucle. Je relis plus que jamais Sun Tzu, *L'Art de la guerre*. Sans savoir exactement quels enseignements en tirer. Le soir avant de m'endormir, je parcours quelques pages de la bio de Lucrèce Borgia.

Alix ressemble enfin à un être humain. Elle a des joues bien pleines et les pâquerettes de ses caleçons à fleurs sont devenues des marguerites sur les cuisses et des tournesols au niveau des hanches. Sa démarche féline a provisoirement cédé le pas à un port de canard. Elle a dû emprunter les grandes chemises d'homme de Léa pour contenir son ventre, accroché à sa silhouette comme une implantation mammaire sur le buste des héroïnes de Baywatch. C'est-à-dire bien droit et bien dur. Elle peut y poser sans problème son bol de céréales et sa tasse de thé.

— Qu'est-ce que c'est que ce truc ?

Alix ne répond pas, les yeux fixés sur l'écran de son portable. L'ordinateur fait un bruit d'enfer, et Alix a de petites gouttes de transpiration qui lui coulent le long des tempes. Ses doigts s'agitent sur la souris tactile avec une frénésie croissante.

— MERDE !

Elle se lève violemment. Léa et moi, nous la regardons avec curiosité.

— Je me suis encore crashée !

— Hein ?

— Mais oui ! Ce foutu simulateur ! Ça fait trois fois

que je me crashe en essayant de poser un 747 avec trois réacteurs en feu à Bergerac au milieu d'un cyclone. C'est la seule configuration que je foire. J'ai dû rajouter des paramètres de difficulté – intempéries, piste trop courte, pannes moteurs – pour construire un cas *vraiment* intéressant, et maintenant... pas moyen d'y arriver.

— Evidemment. C'est impossible.

— C'est *virtuellement* impossible. Mais je suis certaine que sur la machine, c'est faisable.

Elle relance le programme. Depuis qu'elle a arrêté de voler, Alix a dû faire le tour de la Terre des milliers de fois sur simulateur pour essayer de retrouver les sensations qu'elle éprouve dans un cockpit. Le psy de la compagnie l'a encouragée dans sa démarche, parce que d'après lui c'est un bon moyen d'éviter l'effondrement dépressif des femmes trop actives en congé maternité. Il ne pouvait pas imaginer qu'après avoir posé des 747 partout dans le monde, Alix allait bidouiller les données pour s'inventer des cas infaisables. Et s'imposer une dose de stress pas très recommandable pour le bébé. Léa lui apporte un verre d'eau.

— Allez, laisse tomber. C'est l'heure de déjeuner.

Elle lui prend doucement la main et essaie de l'entraîner loin de tout ce vacarme. Fixée à son siège, Alix résiste.

— Mais il n'est que onze heures !

— Parce que ta machine est en zoulou.

Je deviens incollable.

— Sur Terre, il est treize heures. L'heure du magret.

— Allez, viens. Sinon, ça va être froid. Léa, tu as du vin ?

— Oui, là, sous le comptoir. Il se repose...

Je débouche la bouteille de madiran. Le bruit du tire-bouchon et du vin versé dans les verres fait accourir Alix à une vitesse tout à fait honorable, malgré le frottement.

160

Le téléphone sonne. Dans la pièce à côté, Peïo décroche.

— Salut JP !

— ...

— Ouais. Mais... vous en avez parlé ? Parce que j'ai pas l'impression qu'elle soit complètement décidée !

— ...

— Non. Mais d'après ce que j'ai pu entendre...

— ...

— Le prends pas mal, vieux ! Je te dis ce que je ressens, c'est tout.

— ...

— OK. Désolé, vieux !

— ...

— Tcho !

Qu'est-ce qu'ils ont tous à dire tcho, maintenant ?

Ce matin, nous trouvons Léa au bout de la table de la cuisine, prostrée, les yeux rougis. Les cheveux défaits. Vêtue simplement d'une grande chemise d'homme. Elle sursaute en nous voyant, essuie une larme d'un coup de manche et tente un sourire parfaitement raté. Elle est triste. Et elle est belle.

Alix s'assied à côté d'elle et lui pose un bras autour des épaules. Je prépare le café. Je vois une bouteille d'armagnac et sers un verre à Léa. Un petit remontant ne peut pas lui faire de mal.

— Qu'est-ce qu'il y a ? Que s'est-il passé ?

— Peïo n'est pas rentré...

Ses yeux me fixent, implorants, comme si je devais lui apporter une réponse. *La* réponse.

— Euh... Il est tôt... Il n'est que huit heures...

Pas terrible, comme repartie. Mais il *est* tôt et j'ai encore l'esprit embrumé par les agapes de la veille. Heureusement, Alix vient à la rescousse.

— En zoulou ça fait six heures... Ah non... sept... on est toujours en heure d'hiver.

Léa secoue la tête. Ça ne la fait pas rire. De longues mèches brunes viennent s'accrocher à ses larmes.

— C'est la première fois qu'il découche. Il ne m'a même pas prévenue. Je suis sûre qu'il lui est arrivé quelque chose. Je le sens...

A la limite, il vaudrait mieux. Qu'il lui soit arrivé quelque chose. Pas un truc grave, non, une crevaison, une panne d'essence, quelque chose qui donne un alibi en béton. Ce serait pire que tout de le retrouver dans le lit d'une voisine...

— En plus, il n'a même pas pris le portable...

— Allez, arrête de te ronger les sangs. Il y a certainement une explication logique. Il va réapparaître, ton pottock...

Voilà qui est mieux. Plus rassurant. Pourquoi est-il si difficile de consoler ceux qu'on aime ?

— Au fait, ça vient d'où, son surnom... C'est quoi, un pottock ?

— Un petit cheval robuste et fidèle...

La voilà qui repleure. Une fontaine. Alix lui tend une capsule et un verre d'eau.

— Tiens. Prends-le. Ça va te détendre...

— Non. Merci...

— C'est quoi ?

— Mélatonine.

— Tu continues à prendre tes substances ? Dans ton état ? Tu *dégivres* !

— Marianne, arrête. C'est pas le sujet. Pour l'instant, on s'occupe de Léa.

Gros sanglots d'enfant puni. Léa lève les yeux.

— Peut-être...

Elle boit une gorgée de café. Elle tremble tellement qu'elle en renverse sur sa chemise.

— Peut-être qu'il est avec une autre...

— Avec qui ?

— Une autre femme... peut-être qu'il s'ennuie avec moi... Je ne monte pas à cheval, je ne travaille pas vraiment...

Une biche égarée. Voilà ce à quoi elle me fait penser. Elle fixe la porte d'un regard implorant.

— Et puis en plus... en plus... je ne suis même pas *foutue* de lui faire un enfant !

N'y tenant plus, Alix se lève d'un bond et lui prend les épaules.

— Ne dis pas de conneries. Tu sais très bien qu'il ne ferait jamais une chose pareille. Il t'adore. Tu es son double. Ça crève les yeux. Alors arrête de penser à ça. T'as pas le droit !

Léa est effondrée, et moi, je ne peux pas m'empêcher de trouver que la vie est mal faite. Ce n'est pas à moi que ça arriverait, un homme qui disparaît...

Nous avons attendu une heure, puis deux. J'ai refait du café, Alix a beurré des tartines. A onze heures, nous avons appelé tous les hôpitaux de la région. Ils n'avaient personne correspondant au signalement de Peïo. A midi, j'ai sorti les rillettes et débouché un txakolina. Léa a interrogé les commissariats. Rien. Le téléphone nous fait sursauter.

— Alors ?

Un moment d'espoir. Léa raccroche.

— Alors rien. C'était Mado qui voulait savoir si on voulait des salades.

Déçue, elle se laisse tomber sur le banc.

— Il doit être en train d'agoniser quelque part...

Elle est toute blanche, maintenant. On dirait qu'elle commence déjà à imaginer la vie sans Peïo. Ne pas céder à la panique. Trouver une idée brillante pour détourner l'attention.

— Tu ne dois pas dire ça... Euh... Dis donc... Il ne faut pas nourrir les chevaux ?

Léa se lève brusquement.

— Si. Zut ! Je... Ceux qui sont au box. On doit leur donner de l'aliment. D'habitude, c'est Peïo qui s'en occupe.

Elle fond de nouveau en larmes. Le cœur serré, je lui tapote les yeux avec un torchon propre.

— Si tu nous dis comment faire, on y va...

— Non. Je vais venir avec vous. C'est juste...

Pendant qu'elle enfile sa veste, j'essaie de joindre Jean-Phil pour lui dire que je risque de rentrer plus tard que prévu. Son portable ne répond pas. J'essaie la maison. Rien. Léa me voit et, au tremblement minuscule qui agite son menton, je réalise que ça ne fait qu'accroître sa douleur. *Moi*, je préviens quand je ne rentre pas. Du coup, je laisse tomber et la prend dans mes bras.

— Je suis désolée...

— C'est rien. Tu n'as pas fait exprès...

Le dos raide, elle sort avec un seau et se dirige vers les écuries. Nous la suivons. L'air frais nous fait du bien. Mais il ne suffit pas, loin de là, à nous débarrasser du sentiment de malaise qui grandit au-delà du supportable.

Peu de temps a passé depuis la disparition de Peïo, à peine quelques heures, mais on aurait dit des années. Avachies toutes les trois dans les canapés du salon, devant un feu qui ne demande qu'à mourir, et les vestiges d'une bouteille de Paddy, nous sommes plongées dans des abîmes de réflexion. J'ai raté mon train et me demande où est Jean-Phil, s'il a eu mon message, s'il est venu me chercher, s'il m'a attendue, s'il va essayer d'appeler, si Jules n'est plus enrhumé, s'il dort. Alix pense à ses avions et lance des regards méchants à son horrible bécane. Elle qui est si habituée à la victoire de l'esprit sur la matière... Et Léa, cette pauvre Léa pour qui nous n'avons plus de mots, plus de gestes, rien qui puisse apaiser la tempête qui secoue tout son être. Elle enchaîne crises de larmes sur crises de larmes, parfois sauvée par un assoupissement qui ne dure jamais bien longtemps et dont elle émerge en pleurant.

Une espèce de sonnerie désagréable vient envahir l'espace. Nous jetant hors du silence. Littéralement. La première, je réalise ce que c'est et m'empare du combiné.

— Allô... C'est Léa ?

Une voix inconnue. Pas envie de faire la converse.

— Non. Je vous la passe.

Je commence à joindre le geste à la parole, un peu ralentie, d'accord, par les effets du whisky. Le téléphone continue à parler tout seul.

— Vous êtes toujours là ? Attendez... Je peux vous parler ? J'appelle de la part de Peïo...

De la part de... Le boîtier noir vole vers mon oreille. Mon pouls s'accélère. Je jette un coup d'œil vers Léa et Alix, toujours dans leur planisphère.

— Il n'a pas eu d'accident ?

J'aurais dû crier moins fort. Le mot réveille Léa, qui devient encore plus livide – je n'aurais pas cru que c'était possible – et se redresse... sur un coude.

— Non...

Ouf ! La main devant la bouche, je continue mon enquête. Cette fois je prends la peine de murmurer. Les yeux fermés mais les oreilles grandes ouvertes, Alix entame vers moi un vague mouvement de reptation.

— Il n'est pas chez une autre ?

— Une autre quoi ?

— Ben... une autre femme !

La réponse ne vient pas immédiatement, ce qui me fait craindre le pire.

— Ah ! Non, pas du tout.

C'était simplement le temps nécessaire au transfert des données.

— Bon. Alors je vous passe Léa.

Léa m'arrache le téléphone des mains. Je mets le haut-parleur.

— Allô. C'est qui ? Où est-il ?

— Léa ? C'est Jojo.

— Jojo ?

C'est une plaisanterie ! Pourvu que ce ne soit pas une plaisanterie...

— Jojo de la gendarmerie !

— Ah ! Le... Le petit gros avec une moustache ?

— Non. Lui, c'est Dédé ! Moi, c'est le grand blond aux cheveux longs. Musclé, genre surfeur, avec des yeux bleus. Genre euh... Tom Hanks sur son île. Tu vois ?

Apparemment, elle ne voit pas du tout. Sinon elle ne roulerait pas des yeux comme une danseuse balinaise.

— Oui ! Oui, je vois. Salut, ça va ? Où est Peïo ?

— Tu te souviens, on avait pris un pot au Rip Curl, cet été...

— Oui. Mais où est Peïo ?

— Cette année, je crois que je vais la faire. La compète.

— Hein ?

— La compète de surf. Je me suis vachement entraîné, je me prends de ces tunnels... Tu viendras me voir ?

— Oui. Mais...

— Tu m'appelais pour quoi, au fait ?

— C'est *toi* qui appelais.

Silence. Encore des données qui ont du mal à passer

— Ah bon ?... Ah oui ! Peïo m'a dit de passer boire l'apéro. Euh... Il n'est pas rentré ?

— Tu rigoles ou quoi ? Je ne l'ai pas vu depuis hier. .

Découragée, n'y comprenant rien, Léa se laisse glisser le long du mur.

— Bon, tant pis. Quand tu le vois, tu lui dis que ça va pas le faire. Une autre fois peut-être. Allez salut !

Avant même qu'on ait le temps de lui poser la moindre question, il raccroche. Alix s'assied par terre à côté de Léa. Les mains sur le ventre, le dos bien calé, elle ferme les yeux. Cette histoire est de plus en plus bizarre.

— Salut les filles !

Le voilà qui passe la porte, Peïo, tout guilleret. Il ressemble plus que jamais à un pottock, avec le crin emmêlé, hirsute, et maculé de boue. Il porte une grande boîte qu'il laisse sur le seuil avant de s'avancer vers Léa. Alix se dresse comme un serpent à sonnette – qui aurait mangé un éléphant – et lui barre la route.

— Tu as vu l'heure qu'il est, mon pote ? Huit heures. Du soir. Heure locale. Ça fait *trente* heures que tu as disparu, mec. C'est quoi ce bordel ?

Peïo chancelle devant l'attaque d'Alix. Il essaie d'avancer, malgré tout, mais elle ne bouge pas d'un pouce.

— Alors ça pour un accueil...

Il essaie de capter le regard de Léa, qui se détourne.

— Qu'est-ce que tu crois, mec ? Qu'elle va te faire la fête comme un bon toutou ? Tu as vu dans quel état elle est, Léa ?

Alix est hors d'elle. Elle ne supporte pas qu'on touche à ses copines. Depuis qu'on se connaît, elle a toujours été comme ça. Notre grand frère... Peïo la regarde sans comprendre. Il a l'air de tomber des nues.

— Mais... elle ne vous a pas prévenues ?

Réussissant à contourner Alix, il se fraye un chemin vers Léa et l'attire vers lui. Après un moment d'hésitation, elle cède, légèrement à contrecœur. Alix hurle :

— C'est qui *elle* ? Mais tu te rends compte de ce que tu dis, mec ?

Peïo est de plus en plus estomaqué. Et... à deux doigts de se mettre en colère. Une veine bat dans son cou, menaçante. Je prends la main d'Alix et la serre, qu'elle se calme, ça ne sert à rien de brailler comme ça. De son côté, Léa a fait pratiquement le même geste : d'une main ferme, elle retient son homme et l'oblige à s'asseoir.

— La sœur de Léon. Elle devait appeler hier soir pour prévenir...

— *Personne* n'a appelé... Ah si, Mado. Pour demander si on voulait des *salades* ! Et puis euh...

— Elle devait te dire...

Il lève les yeux vers Léa et finit par réaliser ce qui s'est passé. Ce qu'elle a dû souffrir, et à quel point elle l'aime pour avoir les yeux si rouges et le visage bouffi. Il comprend du même coup les attaques d'Alix... Tout doux, Peïo, il prend Léa dans ses bras et explique calmement :

— Léon et moi, et... quelques autres... on est allés à la pibale.

Comme si c'était une excuse irréfutable. Comme si le fait *d'aller à la Pibale* justifiait de disparaître une nuit entière et de refaire surface le lendemain soir à l'heure du pastis mal rasé et sentant le fauve. Et puis d'abord, *qu'est-ce que c'est*, La Pibale ? Une boîte ?

— Mais tu aurais pu...

Toute petite voix de Léa. Peïo la fait taire d'une caresse.

— Oh ! Tu sais... Avec la pibale, on ne peut pas grand-chose. Ça va, ça vient, il faut être là quand elle passe...

Une boîte itinérante, alors ? Alix ne lâche pas son os.

— Mais t'as vu à quelle heure tu rentres ?

— Ben... ça dure ce que ça dure. Après elle s'en va. Et c'est pas dit qu'on la revoie avant l'année prochaine.

Tout ça lui paraît très logique. Même Léa a l'air de comprendre. Au risque de me ridiculiser devant tout le monde, je me jette à l'eau.

— Mais c'est *quoi*, La Pibale ?

Il me toise avec condescendance. Comment, cette pauvre fille ne sait même pas ce qu'est la pibale ? Je lis dans ses pensées. Et je comprends ce qu'a dû ressentir Léa quand elle s'est installée ici et qu'on la traitait de *Parisienne*.

— La pibale est un poisson minuscule qui ressemble à un ver de terre, et qu'on pêche dans la rivière au printemps. Le plus souvent *la nuit*. Chez nous, la tradition veut que l'homme qui voit la pibale prévienne les autres, qui doivent partir sur-le-champ. La pibale n'attend pas. L'homme va à la pibale sans la femme, mais d'habitude... euh...

Il secoue la tête, hausse les épaules et regarde Léa. Par en dessous.

— D'habitude, les femmes ici... elles savent...

Léa lui pince affectueusement le nez et me glisse à l'oreille.

— D'habitude... il a son portable.

La pibale se sert à peine revenue dans de petites cassolettes de terre. Certains y ajoutent un trait d'armagnac ou de *gnôle* soi-disant pour déglacer. On la mange brûlante, dans un grouillement de vie ou de graisse, on ne sait pas très bien. C'est un mets très recherché. Moi, j'avoue que j'ai un peu de mal...

Il pleut. Léa s'est levée de bonne heure pour me poser au train.

— Et Alix ? Elle ne vient pas ?

— Non. Elle dort. Elle reste quelques jours. Elle est fatiguée...

— C'est vrai. Je ne la trouve pas très en forme en ce moment. On dirait qu'elle s'épuise à ne rien faire.

Léa se frotte les yeux et s'étire comme un chat. Je m'attendrais presque à la voir passer la patte derrière son oreille.

— Elle s'épuise nerveusement, ça c'est sûr. Pour elle, ne pas bosser, c'est comme ne plus exister. C'est pour ça qu'elle se raccroche à son simulateur. Ce qu'elle n'arrive pas à comprendre, c'est qu'elle ne fait pas *rien* : elle fait un bébé...

Et ça, pour Léa, ça représente quelque chose.

— Oui. J'espère qu'elle ne va pas aussi nous faire une déprime. Tu... tu prendras soin d'elle...

Elle me fait un clin d'œil. Complice.

— T'inquiète ! Je vais lui apprendre à aimer les rayons du soleil...

Elle regarde le ciel et hausse les épaules.

— ... sans se préoccuper du temps qu'il fera demain. Allez, ma belle... tcho !

— Bon. Ben... tcho !

Elle m'embrasse sur les deux joues et s'éloigne sur le quai. Je la vois hésiter, se retourner et courir vers moi. Ses joues rosissent au fur et à mesure qu'elle approche.

— Ah ! j'allais oublier un truc. Pour en revenir à Jean-Phil, je te trouve un peu conne. Je ne pouvais pas le dire devant Alix, tu sais comment elle est avec ses idées toutes faites sur les hommes, mais... tu as tout, Marianne. Un job intéressant. *Un enfant.* Un mec gentil et attentionné, bon père par-dessus le marché – c'est exceptionnel. Pourquoi cet acharnement à vouloir tout foutre en l'air ? Epouse-le, Marianne, tu verras, c'est bien de pouvoir *aussi* compter sur quelqu'un d'autre. Qu'est-ce que ça va t'apporter d'être seule ? L'indépendance ? Ça ne veut rien dire. On est toujours dépendant de quelqu'un ou de quelque chose. Alors arrête tes simagrées d'enfant gâtée et laisse-toi un peu faire, pour une fois...

Il y aurait des Noëls avec un sapin et des guirlandes. Jean-Phil confectionnerait des sablés à l'orange verte pendant qu'enfermée dans la chambre j'emballerais les cadeaux de Jules. La maison sentirait le sucre et la cannelle. Il y aurait des bougies sur les tables et une couronne sur la porte. On recevrait des amis, on boirait du champagne, on se coucherait un peu saouls et Jean-Phil, dans un demi-sommeil, me passerait un bracelet autour du poignet en me murmurant des mots tendres dans l'oreille. Ça me donnerait des frissons et ça me ferait pleurer.

Il y aurait des anniversaires, avec des gâteaux, des ballons, des rubans, du papier de couleur déchiré partout dans la maison. Il y aurait des saladiers entiers de fraises Tagada et de crocodiles à ventre blanc, c'est ce qu'ils préfèrent, les petits. Et les grands, aussi.

Il y aurait des week-ends à deux, en amoureux. Sans enfant et sans portable. Des promenades le long de plages battues par le vent et les vagues, l'hiver. Des feux de bois, des chocolats chauds, des doigts qui s'enlacent, les fous-rires, la complicité, le silence qui dit « je t'aime » mieux que les mots. Les yeux, les corps, les odeurs. Et pour Jules, peut-être une petite sœur.

Léa a raison. Il pourrait y avoir une autre vie...

En rentrant dans l'immeuble, je sens que quelque chose ne va pas. La cage d'escalier n'est pas remplie des bonnes odeurs de la cuisine de Jean-Phil. Il n'y a que la bacalao frite à l'ail de la gardienne qui agresse les narines dès la porte cochère. Je monte l'escalier en apnée, pêche ma clef au fond de mon sac et la tourne dans la serrure. Deux fois. Bizarre. Ce n'est pas le genre de Jean-Phil de s'enfermer.

L'appartement est plongé dans l'obscurité. Je m'attendais tellement à voir de la lumière que je bute sur un coin de table et tombe à la renverse. Je cligne des yeux. Au prix d'un effort douloureux, je me relève, me dirige à tâtons vers l'interrupteur du salon, en suivant le mur pour éviter de rentrer dedans la tête la première. Je me connais. Lumière. Le décor a changé. Mais quoi ? Je m'affale sur le canapé et regarde autour de moi. *Voilà* ce qui cloche : mon salon est redevenu monochrome blanc beige. Comme avant Jean-Phil. Le noir est parti. Le rouge est parti. Où sont Jean-Phil et Jules ?

Mes oreilles bourdonnent. La pièce se met à tourner. Une main – la mienne – se porte à mon front, je me pince pour vérifier que je ne rêve pas. Ça m'arrive de plus en plus, ces temps-ci... Je me touche les bras, les cheveux, la bouche pour tenter d'évaluer ce qui est réel et ce qui ne l'est pas. Du mal à respirer. L'impression que des amygdales géantes viennent de me pousser au fond de la gorge. Mal au cœur. Comme un nœud ? Il me faut un verre d'eau.

Je cours vers la cuisine. Sa blancheur immaculée me cueille comme un coup de poing. KO, je vacille sous la lumière livide. Parfaitement rangée, la pièce me paraît menaçante. Hostile. Désespérément, je cherche des yeux un signe que Jean-Phil a emmené Jules faire une course, acheter une baguette, qu'ils sont allés au marché et qu'ils ont rapporté de quoi concocter un pique-nique sur le pouce. Je hume l'air dans l'espoir de détecter l'odeur d'un vacherin ou d'un reblochon attendant à température ambiante que je lui trouve la bouteille sœur. Rien. Que de vagues effluves de café froid et des particules d'orange verte. Je ne m'en sens que plus mal. Prise de panique, j'ouvre le frigo. Vide. Juste un petit suisse entamé et un jus de fruit de Jules. Pomme-poire. Son préféré... Machinalement, je bois le jus et finis le petit suisse avec le doigt. Au moment où j'allais m'essuyer sur le bas de mon manteau, j'ai un haut-le-corps.

Le frigo. Le frigo... La *porte* du frigo. Un miroir. Nu. Tous les post-it de notre mariage ont disparu. Jean-Phil a dû les ranger. Tous sauf un. Un numéro de téléphone...

Un numéro que je connais par cœur. C'est celui du confrère qui m'a battue dans l'affaire Dubois. Titubant vers le bar, les joues en feu, j'arrive à attraper la bouteille de Paddy et à me servir un verre. Mes mains tremblent. Je dois m'asseoir et me forcer à inspirer et expirer profondément. Je ne comprends rien. Ou plutôt si. Je crois comprendre. Jean-Phil est parti en emmenant Jules. Mais que s'est-il passé ?

Le cœur serré, je finis par me résoudre à aller dans la chambre de mon fils. L'idée de ce que je risque d'y découvrir me donne les mains moites. J'ai chaud. Des gouttes de transpiration descendent le long de ma colonne vertébrale, dans mon cou et sous les aisselles. Je m'aperçois que j'ai oublié d'enlever mon manteau et que je tiens toujours mon sac de voyage à la main. Je pose le tout au milieu de la pièce, ôte mes chaussures, en vain : je ne me sens pas mieux. Au contraire. Le contact de l'épaisse moquette que nous avions choisie main dans la main le jour où j'ai annoncé à Jean-Phil que j'étais enceinte me donne les larmes aux yeux. J'ouvre les placards de Jules. Je vois défiler dans ma tête tous les petits vêtements qui ont disparu. Sa salopette en jean. Son petit pull marin en coton. Son pantalon à poches, le même que celui de Jean-Phil. Ses deux sweat-shirts à capuche. Il a emporté son T-shirt « beau comme un camion ». Il a laissé le « I love mummy ». Je renifle. De grosses larmes coulent le long de mes joues. J'enfouis ma tête dans le petit oreiller de Jules et respire désespérément pour retrouver son odeur.

Très lentement, je marche vers notre chambre. Comme je m'y attendais, il n'y a plus de rasoir dans la salle de bains, plus de mousse à raser, plus de brosse à dents extra dure, plus de shampoing antipelliculaire, plus de patchs Nivéa. Plus d'eau d'orange verte. Plus de poils dans le lavabo, plus de linge sale dans le panier, plus de chaussettes sur la moquette, plus de vêtements noirs dans les placards. Simplement une carte en vélin d'Arches déchirée en mille morceaux sur l'oreiller de mon côté. Je reconnais l'anglaise violette. Sur l'enveloppe, je crois discerner une tâche d'eau. Je la lèche pour voir si elle est salée. Jean-Phil aussi aurait pleuré. A moins que ce ne soit Jules...

Que s'est-il passé ? Je me ressers un Paddy et m'allonge par terre. Les yeux grands ouverts, je regarde littéralement s'égrener les minutes. Dans le silence inhumain, je me mets à attendre. Découvrant au compte-goutte que jamais la *présence* de Jean-Phil n'a été aussi oppressante que son *absence*.

A force de trop dire les choses, elles finissent par arriver. Mais je n'ai jamais *dit* que je voulais que Jean-Phil s'en aille. Si ?

J'ai dû rester comme ça des heures. Mon mal de crâne et la bouteille de Paddy en témoignent. Un rire d'enfant me sort de ma torpeur. D'un bond, je me précipite pour ouvrir la porte. C'est Jean-Phil et Jules qui rentrent. Accrochée à la poignée, je scrute la cage d'escalier, si fort que je crois les apercevoir. En bas, la porte cochère se referme dans un claquement. Et puis plus rien. Je reste quelques instants, immobile dans le noir, bien obligée de me rendre à l'évidence : ils ne sont pas là. Ce n'était pas eux. Ils ne rentrent pas.

Un bruit sourd, comme un léger frottement, me fait sursauter. Ce n'est que le chat de la voisine qui se fait les griffes sur le tapis. Sentant une présence, il tend une oreille, se redresse et tourne vers moi son regard jaune. Je me penche pour le caresser, il s'enfuit en courant. Un verre d'eau. Appeler Jean-Phil pour avoir une explication. Je prends deux Doliprane et un Prozac, et compose le numéro de son portable. La chevauchée des Walkyries retentit dans le salon, puis s'arrête. Je rappelle pour m'assurer que je n'ai pas rêvé. La sonnerie se fait entendre à nouveau. Elle semble venir du canapé. Je fouille fébrilement entre les coussins. Le téléphone est là, sous les accoudoirs, avec une capsule de bière, des coquilles de pistaches et la télécommande de la télé.

« Salut ! Vous êtes bien chez Alix, capitaine au long cours... Je ne suis pas là mais... » Mais rien du tout. Je raccroche. La dernière chose dont j'aie envie en ce moment, c'est de parler à une machine. Alix n'est pas là. Evidemment. Alix est chez Léa. Je commence à composer le numéro de Léa. Raccroche. Je ne peux pas faire ça. Il est trois heures du matin, Léa dort, Peïo dort, Alix dort et le téléphone dort... dans le salon. Au mieux, elles ne vont pas l'entendre, au pire je vais les réveiller et les obliger à descendre à poil dans le noir pour décrocher. Alix ne descendra pas à poil à cause de Peïo. Alix ne descendra pas dans le noir à cause de son ventre. Elle aura peur de rouler dans l'escalier. C'est encore cette pauvre Léa qui va se lever. Je ne veux pas tomber sur Léa avant d'avoir parlé à Alix. Elle va dramatiser la situation et me plaindre. Je n'ai pas besoin qu'on me plaigne. Je veux qu'on me rassure et qu'on m'explique. J'ai besoin de l'esprit pragmatique d'Alix. Mais en ce moment, Alix dort. Il est trois heures du matin.

En prenant bien soin de ne pas trop bouger ma tête, qui menace d'éclater sous les effets conjugués du Paddy, du réservoir de larmes et des boules dans la gorge, je me couche et cherche un livre sur la table de nuit. Je trouve *Sun Tzu*, que je lance rageusement dans la poubelle. Cet ouvrage est dangereux. A force de passer sa vie en guerre contre les autres, on finit par se retrouver tout seul. J'ouvre *La Princesse de Clèves*. Quelques pages plus tard, je sombre dans un sommeil agité.

Le maillot vert à rayures lilas est trop grand pour moi. Les chaussures à crampon sont trempées, je glisse sur l'herbe et lâche le ballon. Deux mains gantées s'en saisissent, des mollets poilus passent devant moi à toute vitesse et disparaissent dans la mêlée. Un maillot identique au mien se baisse et m'aide à me relever. C'est Léa. Je vois arriver Alix, en vert et lilas elle aussi, brandissant un poing menaçant vers un membre de l'équipe adverse. Enfin, je suppose que c'est l'équipe adverse : son maillot est bleu et blanc. Quand il se retourne, je m'aperçois que c'est Peïo. Il tient le ballon contre lui et se dirige en courant vers les buts. Alix le rattrape et l'arrête d'un plaquage. Il a juste le temps de passer le ballon à un autre bleu et blanc surgi de nulle part. L'avocat de Jean-Phil. Celui-ci fait une passe à un troisième coéquipier. Je ne le vois pas bien parce qu'il est de dos. Une seconde, il se retourne. Jean-Phil. Le ballon pleure. Il a une petite tête de lune et de grands yeux dorés. Il porte une salopette en jean et un sweat-shirt à capuche...

Je me réveille, horrifiée. Je vais prendre un verre d'eau dans la salle de bains, et récupère au passage *Sun Tzu* dans la poubelle. Finalement, je pourrais bien en avoir besoin.

— Allô, Marianne ? C'est Alix. Je ne t'ai pas dit au-revoir hier... J'appelais juste pour te faire un petit bisou. Ça va, ma grande ?

— Jean-Phil est parti.

Je le dis sans emphase, d'une voix plate, comme si rien n'était plus naturel.

— Hein ? Déjà ? Félicitations ! T'es une pro, ma vieille. La prochaine fois que j'aurais besoin de me débarrasser d'un type, je ferai appel à toi ! Comment t'as fait ? Tu lui as fait le coup du cadeau ?

Au son de sa voix, je comprends qu'Alix est contente pour moi. Si elle savait...

— Je n'ai rien eu besoin de faire, figure-toi. Il est parti tout seul. Et il a emmené Jules.

Silence.

— Alix ? Tu es toujours là ?

Silence. Je compte jusqu'à soixante avant de raccrocher. A cinquante neuf, j'entends :

— Meeeerde... Ma pauvre vieille ! Mais qu'est-ce qui s'est passé ?

— Je n'en sais rien. Quand je suis rentrée hier, il n'y avait personne. Il a déménagé pendant le week-end. C'est probablement pour ça que je n'ai pas réussi à le joindre. Et il a emporté les affaires de Jules.

Chaque mot prononcé me rend plus consciente de la situation.

— Et... tu lui as parlé ?

— Non. Je ne sais pas où le trouver. Son portable était dans les coussins du canapé. Tout ce qu'il a laissé, c'est le numéro d'un avocat sur le frigo.

— Quoi ? Qu'est-ce que ça a à voir avec son départ qu'il ait laissé un avocat dans le frigo ?

— Un avocat *sur* le frigo...

— Quel avocat ? J'aime pas les avocats. C'est dégueulasse. Ici, ils sont jamais mûrs...

— PAS UN AVOCAT AVEC UN NOYAU ! UN AVOCAT AVEC DES HONORAIRES !

Oubliant que je suis pieds nus, j'accompagne mes paroles d'un coup de pied dans la table de nuit. Le haut de mon orteil se fend et se couvre de sang. Mais ça m'est égal. La douleur physique me fait du bien. Comme si elle me réveillait et me donnait à nouveau le sentiment d'exister.

— Dis donc, ma vieille, t'es pas obligée de gueuler comme ça ! J'y suis pour rien, moi, si ton mec est retourné chez sa mère. Tiens, au fait, t'as essayé sa mère ?

A cloche-pied, j'essaie de rallier la salle de bains.

— Comment ça ?

— Sa *mère*. Tu l'as appelée ? Il est peut-être chez elle...

Possible. Surtout avec Jules. Je l'imagine très bien tirant sur les napperons du salon pour attraper les petites figurines en porcelaine, sous l'œil attendri de son père et effaré de sa grand-mère. Mais l'idée de téléphoner, alors là...

— Je ne peux pas appeler cette vieille peau !

— Tu ferais bien quand-même.

— Mm... Il va falloir que je reprenne un Prozac, alors.

Je soupire. Le pied dans le lavabo, je fais couler de l'eau fraîche sur ma blessure.

— Dis donc, Marianne, comment ça se fait que tu sois aussi défaite alors que depuis des mois tu nous bassines avec le fait que Jean-Phil te respirait ton air ? Tu devrais être contente, non ?

Ah ! Et bien *non*, justement. Je m'étais mise à former un tout avec Jean-Phil. Et Jules. Une *famille*. Et il a fallu qu'ils s'en aillent pour que je m'en aperçoive. Tout ça est de ma faute. J'ai mal au cœur. J'ai mal au pied.

— Marianne... ça va ? Tu veux que je vienne ? Tu veux que j'amène Léa ?

— Non, merci, ça ira... Je vais essayer de le retrouver et de lui parler. ça fait longtemps que j'aurais dû lui parler, d'ailleurs... allez, tcho...

— Tcho ! Appelle-moi quand tu l'auras eu au bout du fil. Il y a sûrement une explication. Un mec ne se tire pas sans raison.

Sous-entendu la raison a en général un 95 B rangé avec soin dans un Wonderbra. Et c'est bien ce qui m'inquiète.

Elles ont débarqué le soir même, avec un panier de sauvetage : foie gras, jurançon moelleux, orangettes, mélatonine et Prozac. Léa a même coupé un bouquet de roses du jardin.

— On n'a pas pris de Paddy. On s'est dit que tu en avais...

Plus tant que ça, après la nuit que j'ai passée... Alix déballe le sac pendant que Léa met le couvert. J'ouvre le vin, machinalement.

— Dis donc, Marianne ? T'es toujours en robe de chambre. T'as passé la journée comme ça ? Tu ressembles à un Deschiens...

Je jette un coup d'œil dans la glace du frigo. C'est la première fois que je le regarde en face, celui-là, après le coup qu'il m'a fait. Depuis vingt-quatre heures, je l'évite, je passe à un mètre si je dois entrer dans la cuisine et je m'arrange pour lui tourner le dos. Et j'aurais dû continuer parce que l'image qu'il me renvoie ne me plaît pas du tout. J'ai le cheveu déprimé, le teint gris, les yeux vitreux injectés de sang, je porte un vieux peignoir rose saumon – Léa a bien deviné, je ne me suis pas habillée de la journée – et... je ferais bien d'aller prendre une douche.

181

— Euh... Les filles, je reviens dans cinq minutes.

Alix ne lève même pas les yeux et quand j'arrive dans la salle de bains, Léa est déjà en train de remplir la baignoire. Décidément, elle a un sixième sens, aujourd'hui.

— Je te mets quelques gouttes d'essence de lavande. Ça te détendra.

J'attends qu'elle sorte pour me glisser dans l'eau. Ce soir, je ne veux pas qu'elle me voie nue. Je déteste mon corps. Je me déteste. Je me dégoûte. Je suis un être abject qui finira seul dans un asile de vieillards. C'est une peur récurrente. Ça finira bien par arriver si je ne fais pas plus d'efforts dans mes rapports avec les autres. Je me frotte et me frite avec tout le monde. Je suis incapable d'apprécier la gentillesse. J'ai toujours l'impression que si les gens sont gentils, c'est qu'ils veulent obtenir quelque chose de moi. Une vraie parano des sentiments. Et en plus, jamais contente. Jamais satisfaite. Personne n'est assez bien pour moi. Mais moi, est-ce que je suis assez bien pour les autres ? Je ne me suis jamais posé la question. Et il est presque trop tard.

L'eau me fait du bien. Je sens mes muscles se détendre. Mon esprit devient plus clair. Demain, j'appellerai Jean-Phil.

— Au fait, t'as retrouvé Jean-Phil ?

Deux verres de Paddy à la main, Alix vient s'asseoir sur le rebord de la baignoire.

— Non. Il n'était pas chez sa mère mais apparemment elle était au courant de quelque chose parce qu'elle n'a pas arrêté de faire des allusions sur l'annulation du traiteur et l'acompte déjà versé pour sa robe.

— Alors c'est vrai ? Il *annule* le mariage ?

— Oui. Et apparemment, la garde de Jules va se régler à coups d'avocat.

— Le mec dans le frigo ?

Alix me donne un coup de coude. J'esquisse un ersatz de sourire en voyant la tête de Léa, qui ne comprend rien.

— Quel mec ? Quel frigo ?

— L'avocat...

— Quel avocat ? J'aime pas les avocats. Ici, quand on les achète, ils sont déjà pourris. Rien ne vaut les brésiliens !

Alix part d'un grand rire contagieux. Je souris, pour de vrai cette fois, vingt-quatre heures au moins que ça ne m'était pas arrivé. Les mains sur les hanches, Léa nous fait face. Agacée.

— Mais qu'est-ce que vous avez à vous marrer comme des baleines ? J'ai rien dit de drôle !

— Si...

— L'avocat...

— Ce n'est pas le fruit...

— C'est le mec...

— Et c'est ça qui vous fait rire ? Vous êtes vraiment connes, mes pauvres vieilles.

Comme pour donner plus de poids à ses paroles, elle souffle dans la mousse du bain, l'envoyant voler partout dans la pièce. Une île de lavande vient se déposer au milieu du verre d'Alix, qui grimace.

— Ecoute, Léa. Foutu pour foutu, il vaut mieux en rire. Et s'organiser. Hein, Marianne. Qu'est-ce que tu en penses ?

Je pense que je ne veux pas avoir la vie de mes clientes. Je pense que je ne veux pas être obligée d'accabler Jean-Phil pour obtenir la garde de notre fils. Je pense que je n'ai plus envie de vivre seule. Je pense que je voudrais dormir.

C'est toujours quand on est sur le point de partir que le téléphone se met à sonner. Là encore, j'ai la main sur la poignée de la porte, côté *extérieur*, quand la sonnerie me fait sursauter. Le dossier que j'ai sous le bras tombe et toutes les feuilles se répandent sur le sol, je glisse sur la chemise en plastique et tombe littéralement sur le combiné.

— Allô ?

— Marianne ? C'est quoi ce bruit ?

Jean-Phil.

— Euh... Je me suis ramassée...

— Evidemment...

Silence. Je ne sais pas quoi dire. Et puis après tout, ce n'est pas à moi d'engager la conversation. C'est lui qui appelle. Et c'est lui qui est parti.

— Euh... Ça va ?

Puissant. On dirait du Pinter. Il y avait une pièce comme ça, très drôle au demeurant, où un couple se rencontrait et se demandait pendant dix minutes si *ça allait*.

— Oui. Et toi, ça va ?

Bof...

— Ça va. Enfin...

— Ah ! Et Jules... ça va ?

Je reste sur la défensive. Incapable d'évaluer si les choses sont récupérables ou si je parle à un ennemi.

— Putain, Marianne, arrête de jouer au con. Tu ne me demandes pas pourquoi je suis parti ?

Un ennemi ?

— Si. J'allais justement te le demander. Ce n'est pas très sympa de disparaître comme ça sans laisser d'adresse. Surtout avec Jules.

J'essaie de rester calme, mais le fait de parler de Jules me tord les tripes. Je respire profondément.

— Alors tu veux savoir ? *Pourquoi* je suis parti ?

— Oui.

Pas sûr. Pour l'entendre dire qu'il a une autre femme dans sa vie, plus jeune, plus blonde et plus mince, non merci ! Et puis c'est toujours pareil : à quoi ça sert de connaître la *cause* quand on se débat déjà avec les effets ?

— C'est grâce à Peïo.

Hein ?

— Ne me dis pas que tu es devenu pédé !

— Pff... C'est *Peïo* qui m'a *dit* que tu ne *voulais pas* m'épouser.

— ...

— Marianne ?

— ...

— T'es toujours là ?

Je revois le film dans ma tête. Les conversations avec les filles. Peïo qui rentre et qui sort, *et qui n'en loupe pas une au passage*. Le coup de fil dans la pièce à côté. JP... Tcho... Et le regard fuyant de Peïo le lendemain, que j'avais attribué à sa nuit mouvementée...

— Alors tu comprends, Marianne. Que tu ne veuilles pas qu'on se marie, c'est une chose. Mais que je l'apprenne incidemment de la bouche d'un copain, le jour où je l'appelle pour l'inviter à notre mariage ! J'ai l'air d'un con !

Ça c'est énorme. La psychologie masculine c'est vraiment... *les tiroirs de l'inconnu,* voilà. Ce qui affecte le plus Jean-Phil, c'est de *passer pour un con* aux yeux de son copain. Je suis vexée. Tout ce que, moi, j'ai pu dire ou faire, est relégué en second rang.

— Jean-Phil... On pourrait peut-être se voir et en parler calmement.

J'ai un peu de mal à maîtriser ma voix.

— On a eu un an pour en parler, Marianne. Tu me laisses tout préparer et tu me lâches au dernier moment.

Et en plus t'as même pas le courage de me le dire. Tu portes le solitaire que je t'ai offert, tu rencontres ma mère et vous vous haïssez au premier regard, comme il se doit entre belle-mère et belle fille... Tu rajoutes des noms sur la liste des invités et tu choisis même la garniture des pains-surprise. Comment veux-tu que je *devine* que t'en étais encore à tergiverser ? Hein ? De quoi j'ai l'air, moi, maintenant ?

— Ben...

Il l'a dit lui-même.

— Comment ?

— Rien.

Une pause. Juste avant de poser la question qui me tient à cœur.

— Alors c'est décidé, on annule tout ?

La réplique fuse sans la moindre hésitation. Jean-Phil connaît son texte.

— Ce n'est pas *décidé*, c'est *fait*. Je te rends ta chère liberté.

Je m'assois par terre. Je me sens plonger dans le vide. Il n'y aura plus de promenades au bord de la Seine les doigts dans les doigts. Plus de bougies rouges qui coulent sur les bouteilles du restaurant italien de Saint-Germain. Petit à petit, l'odeur d'orange verte va disparaître des recoins de l'appartement où je l'ai traquée. Jean-Phil va s'effacer de ma vie comme un dessin à la craie... Ne pas sombrer. Ne pas lui montrer l'avantage qu'il a sur moi. C'est ce que je conseille à toutes mes clientes. Rester les plus froides, les plus factuelles possible dans les négociations. Pas facile...

— Et pour Jules, comment fait-on ?

— Pour l'instant il habite au studio avec moi. Tu peux le prendre un week-end sur deux et venir le voir quand tu veux. Simplement, je te demanderai de me prévenir un peu avant pour que j'aie le temps de m'organiser.

186

Il parle sur un ton ! On dirait qu'il ne m'a jamais aimée. Il n'y aura pas de Noëls avec un sapin et des guirlandes. Pas de sablés à l'orange...

— Et... je dois te prévenir que j'ai demandé la garde. Mon avocat est optimiste. Il pense qu'avec ton métier, surtout si tu deviens partner à la fin de l'année, tu n'auras pas le temps de bien t'en occuper. La preuve, t'as même pas pris ton congé maternité. Depuis que Jules est né, c'est moi qui ai tout fait, alors... Et puis il paraît que c'est devenu à la mode de donner la garde des enfants au père...

Salaud ! Ça, c'est un coup bas. Les joues enflammées, je m'agrippe au combiné pour ne pas le jeter à l'autre bout de la pièce. Il n'y aura pas de feu de bois, pas de chocolat chaud. Pas de week-ends en amoureux puisque nous ne sommes plus amoureux.

— C'est un peu radical, tu ne trouves pas ? On devrait au moins en parler et essayer de s'arranger...

— C'est trop tard, Marianne. Tu m'as trahi. Je ne pourrai jamais te pardonner. Tout ce qui compte maintenant, c'est Jules. On va essayer de ne pas trop le faire souffrir. C'est tout.

— Mais Jean-Phil...

Il n'y aura pas de petite sœur pour Jules.

— Ah ! Et une dernière chose : mon avocat recommande qu'on arrête de se parler. Sauf pour le planning de Jules, évidemment. Il dit qu'on doit s'en tenir au strict minimum. Si tu as des messages à faire passer, tu peux le contacter. Tu trouveras son numéro sur le frigo...

Je sais. Ah ! ça, je sais ! C'est dément, cette manière quasi clinique de terminer notre histoire. Il se débarrasse de moi comme on enlève une épine.

— C'est triste de se séparer comme ça. On a quand même eu de bons moments, non ?

Jean-Phil ne répond pas. Il a déjà raccroché.

Il n'y aura pas d'autre vie. Je vais rester collée avec l'ancienne, simplement parce que je n'ai pas su sortir de ma boîte pour saisir l'opportunité d'en changer. Je suis mon propre bourreau. Et ma propre victime.

Cinquième résolution... Non. Je décide de ne plus prendre de résolutions. Et de m'y tenir.

— Marianne ? C'est Alix... J'ai... J'ai du mal à respirer... Et j'ai très mal au ventre.   Ça veut dire que je vais accoucher ?

— Peut-être. Je ne sais pas... Tu... Tu en es à combien de temps ?

— Huit mois et des poussières...

— Où es-tu, là ?

— Chez moi...

— Léa est avec toi ?

— Ouais...

— Passe-la-moi.

Un déclic. Léa doit décrocher dans le salon. J'entends un rugissement. J'imagine Alix pliée en deux sous l'effet des contractions.

— Léa, salut. Comment est Alix en ce moment ?

— Elle arpente sa chambre depuis une heure en beuglant des obscénités. C'est dingue le nombre de mots qu'elle connaît. De temps en temps, elle s'assied pour reprendre son souffle.

— C'est bien ce que je pensais. Tu sais ce que tu vas faire ? Tu prends un taxi et tu l'emmènes à l'hôpital. Tout de suite. Moi, j'appelle son médecin et je vous rejoins.

— T'as son numéro ?

— Oui. Pas de problème. On a le même gynéco. Allez, magne. On prendra une valise plus tard. Tcho.
— Tcho.

Le bébé d'Alix est un petit garçon. Il pèse 3,2 kg et mesure 49 cm. Il a une touffe de cheveux roux, et les yeux bleu marine de sa maman. Elle l'a appelé Quentin. C'est Léa et moi qui l'avons déclaré à la mairie, sous la mention « né de père inconnu ».

« Jean-Phil, c'est moi. Je sais que tu es là, alors décroche, s'il te plaît. S'il te plaît. Jean-Phil, c'est ridicule. Rappelle-moi. Il faut qu'on se parle... ». Bof... Ça m'étonnerait qu'il rappelle. Je ferais mieux d'essayer autre chose.

« Jean-Phil. C'est Marianne. Euh... Pour Jules. Ce serait bien si on faisait un truc tous ensemble dimanche. Qu'il nous voie tous les deux... ». Utopie, ma vieille. Utopie.

Alors ça : « Mon petit Jean- Fifi... » Et puis quoi encore, il va croire que c'est sa mère. Oui mais sa mère, il la rappelle, *elle*. Mmm... Pas terrible quand même.

« Hm. Jean-Phil, c'est moi. Hm. Je suis désolée. J'ai... hm... j'ai gâché notre relation. Mais tu sais, j'ai toujours été nulle en amour... » Non, c'est maladroit. Le fait de suggérer qu'il y en a eu d'autres, ça manque un peu de tact. « ... Hm. Je suis consciente d'avoir gâché notre relation. Mais tu sais, c'est typique de moi, ça. Je suis capable de tout gérer sur le plan professionnel, mais dans ma vie privée... hm... je suis nulle. Alors voilà, je voudrais te parler... Si tu pouvais me donner une autre chance... » Hm. Hm. Il faudrait que j'arrive à le dire d'une traite, sans me racler la gorge. Et en évitant de pleurer. Je vais m'entraîner.

191

— Allô ?

C'est lui. Au bout du fil. C'est lui qui a décroché. Les mots se bousculent dans ma tête. Mais aucun son ne veut sortir de ma bouche. En cherchant l'antisèche que j'ai placée sous le téléphone, je fais tomber une pile de journaux. S'il ne m'avait pas reconnue, maintenant il n'aura plus de doute. Désespérée de ne pas arriver à lui parler, soulagée de signer malgré tout mon appel, je raccroche. Mon come-back n'est pas encore tout à fait au point.

Puisqu'il sait que je l'ai appelé, il va peut-être se manifester...

Il s'est manifesté. Brièvement. Il a appelé au bureau pour savoir si je prenais Jules ce week-end. J'étais en pleine réunion, j'ai dit oui, oui, je te rappelle. Je m'en suis voulu toute la journée de ne pas lui avoir parlé, je l'ai un peu expédié, en fait. Oui, mais j'avais trois personnes dans mon bureau. Divorce à l'amiable. Oui, mais j'aurais pu être plus chaleureuse au téléphone, quand même. C'est nul. Et c'est tellement typique de moi, ça... Faire passer le boulot *avant* ma vie privée. Ou ce qu'il en reste. Résultat, en rentrant à la maison, j'ai trouvé sur le répondeur les instructions, lieu et heure, relatives au pick-up de Jules. J'ai voulu rappeler, mais Jean-Phil n'était pas là. Et sa boîte vocale n'était pas connectée.

Je suis allée chercher Jules pour le week-end. Je pensais voir Jean-Phil, j'avais même préparé ce que j'allais lui dire. Histoire d'éviter les gaffes. C'est quand même devenu ma spécialité depuis quelque temps. Mais c'est une fille assez quelconque qui m'ouvre la porte. Trop vieille pour être la baby-sitter, et trop jeune pour être honnête. Elle a des yeux verts de chat égyptien.

— Tenez. Il a mangé. Voilà son sac. Il fait une dent alors il a un peu de fièvre. Il faut lui donner ça.

Elle me tend une bouteille de sirop. Nos doigts s'effleurent. Je recule comme si je venais de toucher un serpent. Pourtant, elle a les mains très douces.

— Ah ! Jean Phi aimerait que vous ne le rameniez pas trop tard dimanche.

Je la regarde avec des yeux ronds. Qui est cette radasse ? Elle est très polie, mais elle est *moche*. Et elle a l'air bien introduite dans la vie de Jean-Phil.

— Au fait, je ne me suis pas présentée. Elizabeth. Je suis une... relation de Jean-Phi. Je suis venue lui donner un coup de main.

Un coup de main...

— Et ne vous en faites pas pour le petit. J'ai eu trois enfants, je sais ce que c'est. Maintenant, je ne les vois plus beaucoup, ils vivent avec leur père...

Elle attache Jules dans son maxicosi d'une main experte, il faut bien le reconnaître, et lui embrasse le dessus de la tête. Il gazouille et lui sourit. Elle me le tend.

— Il est vraiment très mignon. Ça doit être dur pour vous de ne plus l'avoir à la maison. Moi, je me souviens, quand nous nous sommes séparés...

Pensive, ses grands yeux errant dans le vide, elle serait presque sympathique. Si elle n'était pas dans le studio de Jean-Phil, évidemment.

— Anyway... Passez un bon week-end. Allez, à dimanche.

Elle referme la porte derrière moi. Je prends Jules dans mes bras. Il sent son parfum. Je le serre un peu plus fort. J'ai du mal à intégrer le fait que mon fils sourie déjà à une autre femme.

J'ai emmené Jules faire un tour en poussette. Acheté un pain au chocolat qu'il a détruit en cinq minutes. Je l'ai

193

initié à la peinture avec les mains. Il a tellement aimé que j'ai dû le poursuivre dans tout l'appartement avec une serviette pour qu'il ne dessine pas de fresques sur les murs. Je lui ai offert un petit lémurien en peluche, dont il a adoré l'emballage. Ensemble, nous avons dégusté des petits pots, qu'il m'a tous recrachés à la figure en riant. Je suis allée au marché lui acheter des fruits et des légumes pour faire une soupe et une compote fraîches. Il a aimé la soupe et j'ai mangé la compote. Pendant la nuit, il a beaucoup pleuré parce qu'il avait les fesses rouges. Je l'ai changé et l'ai pris dans mon lit. Pas dormi, de peur de l'écraser. Je l'ai serré contre moi, j'ai écouté le bruit de sa respiration, je lui ai parlé, je l'ai bercé pour essayer de recréer le lien. Si nous devons nous voir aussi peu, il faut que nos week-ends soient inoubliables. Je ne sais pas *comment* rendre nos week-ends inoubliables.

Avant de le raccompagner, j'ai glissé dans ses affaires un petit mot à l'intention de son père. J'espère que Jean-Phil va le trouver...

Envie de lui parler. Savoir comment il va, ce qu'il devient. Envie de lui raconter ce que nous avons fait avec Jules, le week-end dernier. Envie de partager les mêmes moments avec notre fils, envie d'unité. Envie qu'il me réponde. Envie de lui.

Je suis en train de dîner d'un bol de céréales devant *Loft Story* quand on sonne à la porte. Vite, j'enfile un jean et un T-shirt par-dessus le caleçon que Jean-Phil a oublié au fond du linge à repasser et qui est devenu ma tenue de nuit préférée, et ouvre la porte à une Alix échevelée, son bébé sur le ventre et un gros sac en tissu à la main. Elle fait vraiment mère de famille. Ça doit être le sac en tissu.

— Regarde. Tu dois savoir comment ça marche, toi. Tu vas passer en deuxième année...

Elle me tend Quentin, qui se met immédiatement à hurler.

— Quoi ? Qu'est-ce qu'il y a ?

— Le biberon. Il ne se vide pas. Le pauvre, ça fait deux heures qu'il tête comme un malade et il a bu vingt millilitres.

Je prends le biberon, en vide le contenu dans l'évier, le nettoie, le stérilise, remplace la tétine en caoutchouc par une tétine en silicone premier âge ayant appartenu à Jules. Je refais un peu de lait et donne le tout à Alix.

— Tiens, essaie. Ça devrait marcher maintenant.

Elle cale le bébé sur son bras, il agite les mains et les pieds en cherchant goulûment le biberon. Il s'empare de la tétine dans un grand bruit de succion et ne la lâche pas avant d'avoir fini tout le lait. Alix m'observe avec une admiration non dissimulée.

— Qu'est-ce que t'as fait ?

— Ta tétine. Elle était mal percée. J'en ai mis une autre. Quand tu rentreras chez toi, tu n'auras qu'à faire un petit trou avec une épingle. Là, je ne peux rien pour toi. Jean-Phil a embarqué la boîte à couture.

L'espace d'un instant, elle semble réfléchir, puis me tend de nouveau son bébé qui a maintenant des airs de bouddha satisfait.

— Ah ! Et, tiens, puisque tu as l'air de t'y connaître... il fuit. Tout le temps. Je le change toutes les heures..

Quentin se tortille inconfortablement. C'est vrai qu'il est mouillé. J'en connais qui ont perdu la garde pour moins que ça.

— Qu'est-ce que tu utilises comme couches ?

— Ben comme tout le monde. Des anti-fuites avec des élastiques là.

— Montre...

Elle farfouille dans son grand sac et en sort un paquet de couches largement entamé.

— Tu te rends compte ! Je l'ai commencé ce matin !

— Mais quelle pomme ! C'est le modèle « girl ».

Je ne peux pas m'empêcher de sourire devant l'expression contrite de mon amie.

— Ah bon ? Tu vois ça où ?

— C'est écrit partout. Et en plus c'est rose. Pas étonnant qu'il ait des problèmes, si tu lui mets des couches de fille !

— Parce que ça change vraiment quelque chose ?

— Au cas où tu n'aurais pas remarqué, ils ne sont pas foutus pareil ! Tout part de là, d'ailleurs...

— Tout quoi ?

— Le chaos, ma vieille. Le petit sexe des mâles est une source de confusions sans fin. C'est inimaginable la partie de leur cerveau qu'ils arrivent à ranger dedans...

Alix se passe la main dans les cheveux, hilare.

— Et encore, si ce n'était que leur cerveau... Mais ils y mettent aussi leur portefeuille et leur voiture ! C'est plus une bite, c'est un garage !

— Bon... Sur ces considérations hautement philosophiques...

Je sors deux verres et un bol de pistaches.

— Tu veux un Paddy ?

— OK. Mais un petit. Quentin va commencer à avoir sommeil...

— Tu peux le coucher dans le lit de Jules. Il n'est pas là, tu sais...

La tête de Quentin repose sur l'épaule d'Alix. Elle lui murmure quelques mots dans l'oreille. Je reconnais les derniers vers d'un poème de Kipling. « If »... *Tu seras un homme, mon fils...*

— Marianne... Tu pleures ?

— Mon fils. Il me manque. Ils me manquent tous les deux.

Alix me serre la main. Elle ne dit rien. Il n'y a rien à dire.

To : marianne@microcosme.fr
From : L§P@cotesud-ouest.com
C'est Peïo qui a lâché le morceau. Pour Jean-Phil. L'autre jour, je ne le savais pas. Je suis désolée.

To : L§P@cotesud-ouest.com
From : marianne@microcosme.fr
Moi je le savais. J'aurais préféré qu'il ne s'en mêle pas.

To : marianne@microcosme.fr
From : L§P@cotesud-ouest.com
Tu ne peux pas lui en tenir rigueur. Au fond, c'est de ta faute. T'avais qu'à pas nous bassiner avec ton mariage. Peïo a gaffé, mais il t'a rendu service.

To : L§P@cotesud-ouest.com
From : marianne@microcosme.fr
Il ne m'a *pas* rendu service. Il m'a mise dans la panade. Et tu n'as *pas* à juger. C'est ma vie. Ou ce qu'il en reste...

To : marianne@microcosme.fr
From : L§P@cotesud-ouest.com
Si, il t'a rendu service parce que tu as réalisé que tu *tenais* à Jean-Phil.

From : marianne@microcosme.fr
To : L§P@cotesud-ouest.com
Ça me sert à quoi de tenir à un homme qui est parti avec mon fils et avec lequel je communique par avocat interposé ? Alors remballe ta psy de comptoir. Tu es complètement à côté de la plaque.

From : L§P@cotesud-ouest.com
To : marianne@microcosme.fr
De toute façon on en parle ce week-end.

From : marianne@microcosme.fr
To : L§P@cotesud-ouest.com
Je ne viens pas ce week-end.

— Comment ça, tu ne viens pas ce week-end ?
Alix fulmine au bout du fil.
— Léa m'emmerde. Je n'ai pas envie de la voir.
— C'est vrai que vous vous êtes fritées par mail ?
— Oui. C'est de sa faute. Elle se mêle de ce qui ne la regarde pas.
— Tu devrais l'appeler. Elle est effondrée. Elle ne comprend pas...
— Non. Je ne veux plus lui parler.
— Marianne, tu *dois* lui parler. Vous n'allez pas vous engueuler à cause de vos mecs ! Et tu *dois* venir ce week-end. C'est une question d'honneur. Un pacte est un pacte.
— M'est égal. Je retire ma promesse. De toute façon, elle n'est plus ma copine.
— T'es vraiment chiante, ma vieille.
Elle raccroche. Je contemple le téléphone en me demandant comment j'ai fait pour en arriver là. Au hasard, je prends un roman dans la bibliothèque. *Cent ans de solitude*. Ah non, pas ça ! Je le replace dans les rayonnages et plonge dans la lecture de *Lucrèce*.

Tu ne devineras jamais qui m'a appelée !

— Qui ?

— Démosthène.

Je regarde Alix avec des yeux ronds.

— Le Grec.

— Le père de... NON !

— J'te jure. Il est de passage à Paris et il veut m'inviter à dîner.

— Et tu vas y aller ?

— Je sais pas...

Alix trempe un quatrième canard dans sa tasse de café et le suce pensivement. Je finis mon croissant, ramasse mes dossiers et laisse un billet sur la table.

— Bon. Je file à mon rendez-vous. Tu me racontes, hein ?

— Ouais. Allez, tcho !

— Tcho !

L'avocat de Jean-Phil nous reçoit dans la grande salle de réunion de son cabinet. Elle est pleine de dorures un peu décrépites et offre une vue magnifique sur les Tuileries.

— Bonjour.

— Salut.

Jean-Phil ne m'adresse pas un regard.

— Qu'est-ce que tu as fait de Jules ?

— Il est avec Elizabeth.

Il s'assoit à l'autre bout de la table, et sort un énorme dossier.

— Voilà les lettres.

Les lettres. Je devine immédiatement de quoi il s'agit. Des témoignages de notre entourage indiquant que je ne suis pas à même de m'occuper de notre enfant, et qu'en conséquence la garde doit revenir à Jean-Phil. Ces lettres peuvent être mortelles. J'esquisse un geste vers la chemise cartonnée, pour voir ce qu'il me reste comme vrais amis. L'avocat me devance. Il s'empare du dossier, et contemple les feuilles une à une d'un œil satisfait. J'essaie de capter le regard de Jean-Phil, mais il fixe obstinément deux pigeons qui roucoulent sur le bord de la fenêtre. L'avocat repose sa lecture, met les mains bien à plat sur la table et nous regarde successivement tous les deux. D'abord Jean-Phil, puis moi. Il ne dit rien pendant une bonne minute, c'est un truc pour nous tenir en haleine, je connais je fais pareil. Il débouche un stylo et fait mine de prendre quelques notes. Il inspire profondément et se gratte le nez.

— Bon. Marianne, je suis désolé de vous dire que votre cas est mal emmanché. J'ai là tout un tas de témoignages accablants sur votre manque d'instinct maternel, votre négligence, votre *maladresse*... Vous connaissez la musique. Et je sais que vous passez très peu de temps à la maison. Ce sont les aléas de la profession, hein ?

Il tente un sourire. Je rêve. Il essaie de la jouer complice. Ce sinistre sagouin qui m'a humiliée dans l'affaire Dubois et qui se prépare à m'enlever mon fils ose me sourire. Si j'avais vingt ans de moins, je lui tirerais la langue.

— Mais... vous ne nous demandez même pas si nous sommes *sûrs* de vouloir nous séparer ? Ça se fait, d'habitude. Nous aurions pu... je ne sais pas... nous aurions pu *réfléchir*. Et changer d'avis.

Jean-Phil hausse les épaules et secoue la tête en signe de dénégation.

— Dans votre cas, il me paraît clair qu'il n'y aura pas de retour en arrière. Non. Nous avons deux solutions. Soit on règle ça à l'amiable : vous admettez que c'est mieux pour... euh...

Il feuillette son dossier.

— ... Jules de vivre chez son père, et on se met d'accord sur le montant de la pension...

La pension ? Ce type est fou.

— Soit vous nous obligez à plaider... Mais là, vous me connaissez, je vais essayer de tirer le maximum. Ce n'est pas du tout dans votre intérêt. Sans parler du fait que professionnellement, vous perdrez votre crédibilité...

Bien sûr qu'il n'est pas fou. Il sait très bien ce qu'il fait. Et il sait que je sais. Je suis censée être irréprochable. Je ne peux pas laisser ces *lettres* circuler devant un tribunal. D'autant qu'il me fera un maximum de publicité, ça je peux en être sûre.

— Je... Je voudrais réfléchir.

— Réfléchissez vite, Marianne. Avant que nous ne devenions méchants.

L'ordure. Il adore cette phrase. C'est la deuxième fois que je l'entends la prononcer. Et je sais d'expérience que ce ne sont pas des menaces en l'air.

Jean-Phil sort son portable. Il s'en est acheté un nouveau, plus petit.

— On a fini ?

— On a fini pour aujourd'hui.

Ils se lèvent. L'avocat me fait un signe de tête.

— Maître... la balle est dans votre camp.

— Je sais. Je vous appelle.

Je me dirige vers la porte, fais un geste en direction de Jean-Phil pour lui dire au revoir, mais il passe devant moi, le portable scotché à l'oreille. Quelque chose dans son allure a changé, je ne sais pas vraiment quoi. C'est comme s'il s'était endurci, ses traits sont plus volontaires, son corps paraît sculpté dans le marbre. Il a peut-être simplement recommencé la piscine. A cette pensée, je sens monter une bouffée de tristesse, mâtinée de désir. Confusion. Je descends les escaliers à pied, m'assieds au café du coin et commande une bière.

C'est la première fois que je revoyais Jean-Phil depuis notre séparation. Et j'ai du mal à admettre que tout est fini. D'autant que malgré son hostilité évidente à mon égard, il m'a fait de l'effet chez l'avocat tout à l'heure. Il dégageait une électricité animale, une force que je ne lui ai jamais connues. Et une détermination, aussi. Je tiens à cet homme qui ne veut plus de moi. Qui ne veut même plus me *parler*.

Si seulement j'avais pris le temps d'interpréter les signes. Parce que je ne peux pas nier qu'il m'a envoyé des messages. A commencer par le jour de la naissance de Jules. Quand il m'a dit que c'était *le dernier moment que nous passions tous les deux, seuls*. Je m'en souviens encore, comme si c'était hier. Bien que j'aie cherché à en occulter le sens, cette phrase m'est revenue sans cesse à l'esprit. Et son regard. Je le revois me scruter avec insistance pour s'assurer que j'étais toujours la même femme, que la maternité n'allait pas m'éloigner de lui. Il a eu peur, Jean-Phil, le jour de la naissance de notre fils, et je ne l'ai pas vu. Pas *voulu* le voir. J'ai le sentiment d'avoir raté le coche à ce moment-là, d'être passée à côté de quelque chose. Je me demande s'il ne s'agissait pas du bonheur.

Il m'a beaucoup observée, aussi. Ce qui me tapait sur les nerfs, je prenais cette analyse permanente pour une déformation professionnelle. Mais au fond, il était simplement en train de constater l'éloignement que j'étais en train de créer entre nous. Alors il s'est réfugié dans son rôle de père, et moi dans mon rôle de mère-qui-travaille-et-qui-n'a-pas-de-temps-pour-tout-le-monde. Du coup, j'ai pris à l'homme pour donner au fils, flouant les deux, décimant avec l'un la relation que je construisais mal avec l'autre. Il n'y a que le boulot qui a conservé son quota d'heures et d'attention.

Erreur de jugement. Ma carrière finira par s'arrêter. Et ce jour-là, que restera-t-il de ma vie si je n'ai pas pris le temps de construire une famille ?

Non. J'aurais mieux fait de balayer devant ma porte avant d'accabler Jean-Phil. La seule chose que je pourrais éventuellement lui reprocher, c'est d'avoir été trop gentil avec moi.

— Marianne, c'est la cata !
— Quoi ?
— Démosthène. Le Grec. Il est monstrueux !
Au son de sa voix, Alix a l'air paniquée.
— Que s'est-il passé ?
— J'ai dîné avec lui. Quand il est venu me chercher à la maison, je ne l'ai pas reconnu. Il portait un costard marron avec un sac en bandoulière. Et des socquettes blanches. Tu te rends compte ! Des socquettes blanches !

La honte. En plus, il a pris du bide. Sorti de son bateau et de son uniforme, c'est plus le même homme. Du coup, j'ai annulé la réservation du restau et on est allés à la pizzeria du coin.

Sa réaction me rend songeuse. Je n'aurais pas cru qu'Alix était sensible au prestige de l'uniforme.

— Dis donc, Alix, tu ne vas tout de même pas t'attacher à des détails pareils ! Qu'est-ce que ça peut faire qu'il ait des socquettes blanches ? Sous les fringues, il y a quand même l'homme avec lequel tu as passé quinze jours à... à...

— Oui, eh bien justement. Il n'a pas arrêté d'y faire allusion. Et quand je dis allusion... c'était limite *hard*, si tu vois ce que je veux dire.

Je ne vois pas mais j'imagine. La tête d'Alix, attablée incognito dans une pizzeria où elle ne va jamais, en face d'un type en costume marron qui lui parle de sexe avec un accent grec. Il y a des jours ou j'aimerais être une souris...

— Attends. Et c'est pas tout ! Il m'a demandé si Quentin n'était pas de lui !

— *Comment ?*

— Ben ouais. Il a fait ses calculs...

La tuile ! Je comprends qu'elle panique. Il ne manquait plus que ça !

— Et qu'est-ce que tu lui as répondu ?

— Non, évidemment. Mais il ne m'a pas crue. Il a dit que pourtant les dates coïncidaient...

Et pour cause. J'essaie d'être positive.

— Bon. De toute façon, il est reparti. Et avec sa peau claire et ses tâches de rousseur, Quentin ne lui ressemble pas du tout.

— Encore une chance. Allez, tcho !

— Tcho. Et arrête de dîner avec des hommes que tu ne connais pas.

— Oui, maman ! Tiens, j'ai un truc pour toi de la part de Léa. Je peux te le déposer quand ?

— Tu n'as qu'à passer demain soir avec Quentin. On se fera des pâtes. Et un Jenga.

Ça me changera des corn flakes devant la télé.

Chère Marianne,

Je suis désolée que tu ne veuilles plus me parler à la suite des mails que nous avons échangés. Je m'aperçois maintenant que le ton de ces courriers est un peu abrupt, dépouillé de toutes les formules qui donnent de la rondeur à la conversation, et qui remplacent les inflexions de voix, les sourires et tout le « body language » accompagnant un échange par téléphone ou de visu. Je pense que tout ceci est un malentendu – nous avons certainement l'une et l'autre écrit et compris des choses qui dépassaient notre pensée. En ce qui me concerne, c'est oublié et je souhaiterais qu'il en soit de même pour toi. Tu nous as manqué le week-end dernier, ce n'était pas pareil, tu demanderas à Alix. En plus, elle avait amené son bébé et nous n'avons pas dormi de la nuit. Et j'ai raté mon crumble à la framboise.

Si je peux faire quelque chose pour toi, n'hésite pas à m'appeler – je préfère éviter le Net pour l'instant. Je suis là, prête à t'accorder un soutien aveugle et inconditionnel. C'est à ça que servent les copines, non ?

Ah ! Et puis j'ai une grande nouvelle à t'annoncer. J'espère qu'Alix n'a pas craché le morceau, mais ça m'étonnerait, vu que je lui ai fait jurer de se taire sur la tête de son job. Elle n'a pas voulu jurer sur la tête de son fils. Enfin, la connaissant, je pense que le job devrait faire l'affaire. Alors voilà : Peïo et moi allons nous marier. En septembre. Et ça me ferait très plaisir que tu sois mon

205

témoin. C'est important. Tu sais, ma vieille, tu comptes beaucoup pour moi.

J'attends ta réponse avec impatience.

Je t'embrasse. Léa.

Alix me regarde replier la lettre. Elle entortille une mèche de cheveux de son fils autour de son doigt, machinalement. Exactement comme elle fait avec les siens.

— Alors, qu'est-ce que tu vas faire ?

Je contemple le petit visage heureux de Quentin. Qu'est-ce que je vais faire ? Ne pas accepter, ce serait me fâcher à vie avec Léa. A quoi bon ? Ni elle ni moi ne méritons qu'on se fasse du mal. Je soupire.

— Je vais dire oui. Bien sûr...

Elle se lève et elle m'embrasse. Elle sent le lait.

— C'est bien. Pour la peine, c'est moi qui fais la sauce des pâtes !

Elle se dirige déjà vers la cuisine.

— Non ! Surtout pas !

D'un bond je la rattrape et bloque l'entrée.

— J'ai un *excellent* pesto. Fait en Italie avec l'huile des meilleures olives et du basilic bio. On n'a qu'à le réchauffer au bain-marie. Par contre, tu peux sortir les couverts et les assiettes. Je m'occupe des verres. Et du vin. Rosé, avec les pâtes, ça te va ?

Léa est venue à Paris pour choisir sa robe. Elle a trouvé une petite boutique dans le dix-huitième qui fabrique sur mesure tout ce dont on peut rêver. Et même plus. Je suis assise au fond d'un canapé en velours aubergine, les doigts roses à force de piocher dans le bocal de fraises Tagada, et je regarde Léa entrer et sortir de la cabine d'essayage avec des tenues plus extravagantes les unes que les autres. La fête.

— Et celle-là ? Qu'est-ce que t'en penses ?

— Tu ressembles à Madonna dans son clip... *Like a Virgin* !

Léa se met à chanter et à danser devant la glace. Un tout autre air.

— *Follie, follie...* Et alors ?

— Et alors bof...

Je la détaille sans complaisance de pied en cap. Il est hors de question que mon amie se marie à trente-sept ans déguisée en fraisier. Elle enlève le voile et commence à dégrafer le corset.

— Ouais, t'as raison. C'est moyen. Trop blanc, non ? Tu penses que je ferais mieux de choisir de l'écru ? Ou carrément de la couleur ?

207

Ses yeux pétillent lorsqu'elle aperçoit un portant ne contenant que des robes aux nuances assez vives. Elle en sort une jaune paille avec la taille cintrée et un grand jupon en taffetas rehaussé de petites fleurs violettes, la met devant elle et se contemple d'un air rêveur.

— Tu devrais l'essayer. C'est une robe de fée...

Elle disparaît dans la cabine, et revient au bout de cinq minutes. Elle a relevé ses cheveux et tournoie devant moi.

— *Livviamo... La la la la la la la la...*

— Qu'est-ce que tu chantes ?

— *La Traviata.* Tu ne reconnais pas ?

J'éclate de rire. Léa a toujours chanté faux.

— Tu n'as pas honte de fredonner des airs de courtisane dépravée alors que tu es en train de choisir ta robe de mariée ?

— D'amour, ma vieille... C'est une histoire d'amour. Même si à l'époque il fallait que l'héroïne meure pour faire un bon livret.

Dans la glace, elle me lance un regard inquisiteur.

— Alors ? Qu'est-ce que tu en dis ?

— Tu es un rayon de soleil !

Elle court vers moi et me prend dans ses bras. Son bonheur me fait du bien. La responsable du magasin s'avance vers nous. Son sourire dégage une vraie chaleur.

— Vous avez fait un excellent choix, mademoiselle ! Cette robe vous va à ravir. Comment vous appelez-vous ?

Léa rougit.

— Léa...

— J'adore ce prénom. Ma fille aussi s'appelle Léa.

Léa se rembrunit imperceptiblement. La femme s'en aperçoit et change de sujet.

— Bon. On va prendre les mesures...

— Mais c'est celle-là que je veux ! Elle me va comme un gant.

— Celle-là, ma chérie, c'est un modèle d'exposition. Elle a été essayée plein de fois. Vous ne voulez pas vous marier dans une robe qui traîne sur un portant depuis plusieurs mois ! Mais je vais vous faire exactement la même. Rien que pour vous.

Elle prend les mesures et, dix minutes plus tard, nous sortons du magasin avec un petit bout de papier et la promesse que Léa sera la plus jolie mariée du monde.

Nous retrouvons Alix dans un salon de thé au coin de la rue. Elle lève le nez de sa tasse de chocolat et essuie ses moustaches d'un coup de langue. Quentin dort comme une petite grenouille accrochée à son ventre.

— Alors ?

— Génial ! Tu aurais dû venir ! Elle a trouvé une robe sublime !

Tiens, j'ai dit *sublime*. C'est un reste de Jean-Phil, ça. Il le disait tout le temps. De moi.

— Oh moi, tu sais, sortie des jeans et des T-shirts... j'y connais pas grand-chose.

— Justement. Tu ferais bien d'apprendre ! Tu ne vas pas passer ta vie à t'habiller en vieil ado !

Piquée, Alix se redresse, une expression de défi sur le visage.

— Ça ne me réussit pas si mal. Tiens, regarde !

Elle sourit à un blond qui vient de s'asseoir à la table à côté. Il lui rend son sourire, et hoche la tête avec regret en direction d'une jeune femme en kilt qui se débat avec le système de fermeture d'une poussette canne. La femme finit par le rejoindre, tirant par la main un enfant qui doit avoir dans les deux ans. Ils commandent du thé à la vanille et des éclairs au chocolat. Ils ont l'air bien ensemble. Elle ne saura jamais qu'en rentrant il a souri à une autre. Les yeux d'Alix jubilent.

— Vous avez vu ? Ça marche à tous les coups !

Fringues d'ado ou pas. Et même avec un bébé. Les mecs sont vraiment des porcs. Au fait, Léa... t'as choisi la lingerie ?

— Quelle lingerie ?

— Pour aller avec ta robe. La jarretière, et tout...

— Euh... non. Mais je suppose que je pourrais prendre de la dentelle violette...

— Violette ?

— Ben oui. Pour aller avec les fleurs.

— Si tu veux des dessous en dentelle violette, je peux t'en rapporter de New York. Il y en a plein dans la nouvelle collection de Victoria's Secret.

Nous regardons Alix avec surprise.

— Tu vas à New York ?

— Oui, dans quinze jours. Je refais mon premier vol.

Elle a l'air contente, mais sans plus. On aurait pu s'attendre à ce qu'elle soit plus enthousiaste à l'idée de retrouver son cockpit.

— Et Quentin ?

Le regard d'Alix s'assombrit. Elle caresse la tête de son fils.

— J'ai trouvé une nounou. Et puis je ne serai absente que quinze jours par mois.

Elle parle sans grande conviction. Comme si les mots lui faisaient mal. Léa a touché le point sensible. Alix est décidément en train de devenir un être humain.

— Toi aussi, tu as peur ?

Je pose une main sur le bras d'Alix.

— Peur de quoi ?

Malgré sa question, je lis dans ses yeux qu'elle devine de quoi je veux parler.

— Pour Quentin. Peur qu'il arrive quelque chose...

— ... en mon absence. Oui, j'ai peur. C'est con, hein ?

Rêveuse, elle hume les cheveux de son fils qui dort contre elle. Comme pour s'imprégner de son essence, l'emporter avec elle à des milliers de kilomètres. Plus humaine, Alix, et en même temps plus animale.

— Non, ce n'est pas *con*. Je ressentais le même déchirement, avec Jules, quand je le laissais le matin pour partir au bureau. Et de la culpabilité aussi. Je ne pouvais pas m'ôter de la tête que s'il arrivait quelque chose je ne serais pas là. Mais ça passe, tu verras. On apprend à couper le cordon ombilical. Et à faire confiance aux autres. Ne t'inquiète pas, tout ira bien.

Je l'embrasse sur la joue, ça me va bien de donner des conseils ! Alix sourit faiblement. Fragile.

J'ai demandé à Sylvain, mon boss, de me conseiller dans mon litige avec Jean-Phil. C'est un bon avocat, et il a suffisamment de recul pour voir la situation avec objectivité. Et ça ne peut pas faire de mal d'avoir l'avis d'un homme.

Nous avons déjeuné dans une petite trattoria en bas du bureau, et il m'a livré, entre le tiramisu et le café, un verdict que je soupçonnais mais que j'aurais préféré ne pas entendre.

— Tu pourrais essayer de l'épingler parce qu'il vit avec une autre bonne femme. Mais tu ne peux pas le prouver. Et apparemment elle n'a rien d'une bimbo. C'est peut-être seulement une amie venue lui prêter main-forte. Tu sais, nous les hommes, nous avons toujours besoin d'une présence féminine dans les parages. Ça ne veut pas dire qu'on couche avec. C'est seulement... un prolongement de la mère, le besoin d'être confronté à un être d'essence radicalement différente, l'envie d'éprouver notre séduction, l'assouvissement de notre instinct de chasseur... Que sais-je ?

D'un geste, il repousse une mèche qui lui barre le visage. Une pause. Puis il reprend :

— Je me demande pourquoi je te raconte tout ça. Enfin... pour en revenir à ce qui nous occupe, d'après ce que tu m'as dit, Jean-Philippe travaille chez lui alors que toi, non seulement tu fais des heures sup au cabinet mais tu ramènes des dossiers à la maison. Il n'aura pas de mal à démontrer qu'en terme de disponibilité, il est de vous deux le plus à même d'élever un enfant. Et... je suis désolé de te dire ça, mais avec l'affaire Dubois tu as créé ton propre précédent. Si le cas fait jurisprudence...

— Je sais.

— Honnêtement, Marianne, si je peux te donner un conseil d'ami, règle ça à l'amiable. Plus vous resterez en termes courtois, plus ce sera facile pour toi de voir Jules dans de bonnes conditions. Sois raisonnable. Laisse la garde à Jean-Philippe. Fais-le pour ton fils.

J'ai l'impression de sortir de moi-même. De contempler cette conversation mais de ne pas la vivre. J'ai l'impression que c'est une autre qui est assise à cette table en train de prendre en pleine figure une vérité qui la déchire. Une main passe devant mes yeux.

— Marianne ? Hou, hou, Marianne ! Ça va ? Tu veux un verre d'eau ?

— Non, merci. Ça va aller. Je sais que tu as raison, Sylvain. Simplement, je ne peux pas prendre la décision.

Il m'a prise par le bras et m'a raccompagnée au bureau – *jusque dans mon bureau*, en fait. Et là, avant de refermer la porte derrière lui, il m'a embrassée. Je n'ai pas ressenti grand-chose, si ce n'est l'immense surprise de reconnaître dans ses cheveux une odeur d'orange verte.

Même pour une personne comme moi, réfractaire aux listes et à toute forme d'ordre noir sur blanc, je dois reconnaître que parfois une bonne mise à plat s'impose. Assise à mon bureau, les pieds calés sur la corbeille à papier, j'ai enlevé mes chaussures, noué mes cheveux en chignon autour d'un crayon, desserré ma ceinture de deux trous et relevé les manches de mon chemisier. La porte est fermée. J'ai allumé une bougie d'aromathérapie favorisant la relaxation et la méditation. J'ai encore dans la bouche le goût du baiser de Sylvain. Et franchement, je ne sais pas quoi en penser. La contemplation du plafond ne m'a pas apporté de réponse. D'où la liste.

Je débouche mon stylo et prends une feuille neuve sur laquelle j'énonce les faits. Rien que les faits.

– *Je n'ai plus de mec. D'autant plus irréversible qu'il a déjà retrouvé une* vieille copine. *Quoi qu'on en dise.*

– *Je dois abandonner la garde de mon fils à son père.*

– *Je travaille trop. Ou plutôt je* passe *trop de temps à travailler. En plus, les résultats ne sont pas toujours là.*

– *Mon boss m'a roulé une pelle au pistou – passez-moi l'expression mais il faut appeler un chat un chat – en sortant de l'italien. En dehors de l'effet de surprise, ce n'était pas* horrible. *D'autant plus qu'il sent comme Jean-Phil. Mmm... Il faudrait que je goûte une deuxième fois pour savoir si j'aime vraiment ou pas.*

– *Je ne* peux pas *sortir avec Sylvain. C'est un vorace qui saute sur tout ce qui bouge. Tout le monde le sait.*

– *Oui, mais il embrasse bien.*

– *Oui, mais c'est mon boss.*

– *Oui, mais ça fait trois mois que je n'ai pas... euh...*

– *Et lui ça doit faire six heures.*

– *Et alors ?*

Et alors si ça continue je vais devenir bouddhiste. J'éteins mon ordinateur, remets mes chaussures, enfouis la liste au fond de mon sac et sors du bureau sur la pointe des pieds. Sylvain est au téléphone dans la salle de réunion, la porte ouverte. En me voyant passer, il me fait un clin d'œil. J'agite vaguement la main dans sa direction, et consulte ma montre. Il est à peine six heures. Avant de rentrer à la maison, je passe à la Fnac acheter *Le Livre tibétain de la vie et de la mort*.

— Comment ça, il t'a embrassée ?

Léa n'en revient pas.

— Normalement. Comme on fait quand on a passé l'âge des appareils.

— Et il est comment ?

— Sympa. Professionnel. Jusqu'à aujourd'hui, j'aurais même dit froid. C'est mon boss, quand même.

— Non mais je voulais dire physiquement. Il est comment *physiquement* ?

A vrai dire, je ne me suis jamais posé la question. Je n'ai jamais regardé Sylvain comme un homme. Pour moi, il a toujours été le poste au-dessus de moi dans l'organigramme. Prendre conscience de son aspect physique et le décrire est une première.

— Il est... Je ne sais pas, moi... Il n'est pas très grand, dans les un mètre soixante-quinze, un corps un peu mou. Il a les cheveux dans les roux, plutôt clairsemés. De petits yeux, bleus ou verts... Une grosse bouche. Au fond, chaque détail de son anatomie est assez laid mais l'ensemble dégage un certain charme. Il a... comment dire... cette sorte de laideur charismatique, presque attachante, qui retient l'attention. Ah ! Et un très joli sourire. La peau douce. Des lèvres charnues, on a envie de croquer dedans...

Je ferme les yeux. L'évocation du corps de Sylvain commence à me plaire.

— ... Il sent très bon. Et... quand il ne parle pas boulot, il est assez drôle...

— Dis donc, Marianne... Tu n'es pas en train de tomber amoureuse, au moins ?

— Hein ?

Léa me sort de ma torpeur.

— Parce que je sais comment ça va se passer. A chaque fois, c'est la même chose. Tu nous fais le coup du grand amour pendant quelques mois et après tu te fais larguer et on te ramasse à la petite cuiller. Et on est obligées de te donner tout notre Prozac. Tu ne vas pas recommencer. Attends un peu de mieux le connaître avant de fantasmer. Sinon, avec ton cœur d'artichaut, tu vas encore t'attirer des emmerdes ! Regarde comment ça s'est terminé avec Jean-Phil !

Je n'ai pas *envie* de penser à la manière dont ça s'est terminé avec Jean-Phil. Je n'ai pas envie de penser à Jean-Phil tout court. Même si *tout*, jusqu'à l'odeur de Sylvain, me le rappelle.

— Mais alors quoi ? Tu me recommandes de vivre comme une nonne ?

— Pas du tout, mais prends ton temps. Ne te précipite pas. Si c'est le bon, il sera toujours là dans un mois.

— Mm...

— T'as pas l'air convaincue. Ecoute, Marianne, tout ce que je te demande, c'est de faire attention. Je n'ai pas envie de te revoir errer dans ton appartement en peignoir rose saumon. C'est tout !

Elle est mignonne, Léa.

— OK. J'y penserai. Allez, tcho !

— Tcho, ma belle. Et prends soin de toi, OK ?

— Comment ça il t'a embrassée ? Tu veux dire qu'il t'a fait une langue ?

Alix, toujours aussi poétique.

— Euh... Oui.

— Alors que tu venais *juste* de lui demander conseil sur la manière de gérer les aspects légaux de ta séparation ?

— Oui...

Je l'entends aspirer une grande gorgée d'air à l'autre bout du fil, comme si elle prenait son élan.

— C'est vraiment dégueulasse ! Profiter d'un instant de faiblesse, de la confiance dont tu as fait preuve en le lui montrant, pour te faire des avances scabreuses, c'est vraiment dégueulasse. Qu'est-ce qu'ils ont tous ces mecs à ne penser qu'au cul ?

Venant de la part d'Alix, le commentaire est assez réjouissant. D'ailleurs, son esprit pratique revient au galop.

— Et c'est un coup possible ?

— C'est quand même mon boss.

— Oui mais physiquement ? Il est baisable ?

— Il a du charme...

— Bon alors vas-y, ma vieille. Qu'est-ce que t'attends ? Tu l'as bien mérité.

— Mais... tu ne trouves pas que ça va un peu vite ?

— Ecoute, Marianne, avec les mecs, mieux vaut battre le fer tant qu'il est chaud. Sinon, le temps que tu te décides, il sera déjà loin. Avec une autre.

— Ah bon ?

— Oui. Et puis c'est lui qui a commencé. Tente le coup, tu verras bien après si ça te plaît ou non. Seule chose : *ne tombe pas amoureuse*. C'est la règle de base. Sinon, ça devient trop compliqué. T'as pas besoin de ça en ce moment. Allez, tcho. Tu me raconteras.

Voilà comment à trente-sept ans et un enfant, ignorant le B-A-ba du management selon lequel on ne mélange pas le sexe et le travail, je me suis laissée glisser dans une liaison récréative avec mon boss. Pourquoi lui ? Parce qu'il passait par-là, et que rien ne vaut le corps d'un homme pour sentir qu'on est encore – ou toujours, ou déjà... ça dépend des moments – une femme. Et parce qu'il porte de l'eau d'orange verte. En vérité, je me demande si ce n'est pas le souvenir de Jean-Phil que je traque entre les bras de Sylvain...

La cuisine est pleine de pop corn. J'ai oublié de couvrir la casserole, et les grains de maïs se sont projetés dans tous les coins. Assis par terre, hilare, Jules récupère tout ce qu'il peut avant que je ne passe l'aspirateur. On sonne à la porte. C'est Alix, avec Quentin accroché sur le ventre. Elle n'est pas dans son assiette.

— Marianne, je crois que j'ai besoin d'un avocat.

Elle me tend une lettre.

— Lis !

Je pose l'aspirateur, emmène Jules vers la télévision, allume Cartoon Network, me verse un Paddy, en propose un à Alix qui accepte sans faire de manières et, une fois que nous sommes bien installées dans le canapé, je prends la lettre et je lis. Au fur et à mesure, mes yeux s'agrandissent et mon visage rétrécit sous l'effet *un* de la surprise, *deux* de la colère et *trois* de l'inquiétude. Alix a clairement besoin d'un avocat. Et d'un bon.

— Alors ?

— Alors à vue de nez, tu es *mal*.

La lettre émane d'un confrère dont la réputation est d'être un fervent misogyne. Son client, un certain Demosthène Rastatopoulos – le Grec –, affirme être le père de l'enfant d'Alix et désire le reconnaître et exercer ses droits. Jules vient vers moi en levant les bras. Je l'installe sur mes genoux et lui caresse les yeux. Il sourit. Alix éteint la télé.

— Concrètement, qu'est-ce que ça veut dire ?

— Ça veut dire que le type veut déclarer le lien de paternité aux autorités, qu'a priori Quentin devra porter son nom, que tu devras le laisser exercer son droit de visite un week-end sur deux et la moitié des vacances scolaires et qu'il aura son mot à dire sur l'éducation de ton fils. Voilà. Ça peut vouloir dire aussi que tu vas voir débarquer toute une belle-famille grecque qui vous fera des cadeaux et vous invitera à manger du tzatziki. Mais ça, à la limite, c'est plutôt marrant.

Alix est complètement abasourdie. Elle se cramponne à son fils comme si elle n'allait plus jamais le voir. Elle est au bord des larmes.

— Mais c'est impossible ! Marianne, est-ce que tu peux prendre le dossier ? Est-ce que tu accepterais de me défendre contre ce fou furieux ?

Je la regarde. Je ne l'ai jamais vue aussi défaite. Tous ses espoirs reposent sur moi. Et pourtant, je sais que c'est encore un cas que je vais perdre. Techniquement, il n'y a pas grand-chose à faire pour empêcher un père de voir son enfant.

— Oui. Mais je ne te promets rien. Le contexte ne nous est pas favorable, tu sais...

— Je sais...

Elle joue furieusement avec ses mèches et se ressert un Paddy.

— J'ai été trop *conne* sur ce coup-là. Egoïste. Je me suis crue invincible. Et maintenant...

Elle embrasse Quentin et renifle ses cheveux. Il s'est endormi.

— Regarde-le. Il est tellement mignon... Tu penses vraiment que je vais devoir le partager avec un... étranger ?

Je ne réponds pas. Alix comprend.

Trois jours plus tard, Alix s'est envolée pour New York, la mort dans l'âme. Même la perspective de revoir Alfred ne l'a pas déridée. Elle a tenu à me présenter sa baby-sitter, une grande fille suédoise toute mignonne qui parle parfaitement le français. Elle a laissé le numéro de Léa et le mien bien en vue sur son frigo, à côté de celui du pédiatre et des urgences de Necker *au cas où il arrive-rait quelque chose.* Elle nous a fait jurer, à Léa et à moi, d'appeler tous les jours pour prendre des nouvelles de son fils. Ce que nous avons fait.

Quand elle est rentrée, crevée, au bout de quarante-huit heures, elle avait un sac rempli de peluches du Gazebo et de vêtements Gap Kids. On les trouve à tous les coins de rue à Paris mais ce n'est pas la même chose. Bien sûr. Elles n'ont pas le même goût de l'autre côté de l'Atlan-tique. Il y avait aussi un dinosaure en patchwork et une casquette pour Jules, un livre sur les bonobos pour moi et une parure en dentelle violette pour Léa. Avec la jarretière.

Et un scoop : la femme d'Alfred l'a quitté pour vivre avec sa prof d'aérobic. Le laissant avec trois enfants, dont la petite dernière a l'âge de Jules. Quand Alix nous l'a raconté, j'ai presque eu l'impression que ça lui faisait plaisir.

Je suis assise dans mon bureau, les pieds sur la table, en train de manger mon deuxième capuchon de feutre quand ma ligne directe sonne. Instinctivement, je me remets dans une position plus décente, enfile mes escarpins et me passe une main dans les cheveux. Ce doit être Syl-vain. Il est pratiquement le seul depuis le départ de Jean-Phil à m'appeler sur ce numéro.

— Ça te dirait de passer le week-end à la campagne ? Alix.

— Tu veux dire... *ce* week-end ? Chez Léa ?

— Ouais. Ça fait longtemps qu'on n'y est pas allées. *Surtout toi*... Et puis ça nous fera du bien de nous aérer le bocal. On étouffe, ici.

Pas une mauvaise idée, au fond. Il commence à faire beau, et c'est la saison des fraises.

— OK. Qui la prévient et qui s'occupe des réservations ?

— C'est fait. On prend le Paris-Biarritz, 8 h 35.

— Pourquoi pas le train ?

— Avec Quentin, c'est pas pratique. Au fait, tu amènes Jules ?

— Non, il est chez son père.

— Bon. Alors à demain, ma grande. On se retrouve à l'aéroport. Allez...

— Oui, c'est ça. Tcho !

Je raccroche. Le téléphone sonne à nouveau.

— Marianne. Euh... Ça te dirait de passer le week-end à la campagne ?

— Oh, Sylvain, j'aurais adoré mais ce week-end je vais chez une amie. C'est bête, tu aurais appelé cinq minutes plus tôt, c'était bon.

— Bon... ben écoute... tant pis. Peut-être une autre fois... On dîne toujours ensemble ce soir ?

— Avec plaisir !

Il semble réfléchir.

— OK. Je passe te prendre vers neuf heures.

— On peut dîner à la maison, tu sais... Ce serait agréable...

— Sûre ?

— Oui. Sinon je ne te le proposerais pas. Alors ?

— D'accord. Je m'occupe du vin, tu t'occupes du dîner.

— Non. *Je* m'occupe du vin et *tu* t'occupes du dîner.

Sylvain se tait, surpris. Je décide de l'aider un peu.

— Je n'ai jamais eu le temps d'apprendre à faire la cuisine. Je travaille trop.

Il se marre.

— D'accord, j'ai compris. J'arriverai avec les vivres. Allez, à plus.

Je souris en remettant les pieds sur la table. Je laisse le téléphone décroché et me concentre sur le cas d'Alix. Plus j'y pense, moins je vois de solution. Le grand air me fera du bien.

— Ouah ! Mais vous avez vu ce que vous avez comme bagages pour seulement *deux* jours !

Alix, son fils endormi sur le ventre, sort du coffre de la voiture une véritable nursery ambulante. Lit pliant, transat, matelas à langer, poussette, stérilisateur, et le fameux sac en tissu qui contient les couches, les biberons, le lait, les farines et les petits pots.

— Vous n'imaginez pas ce que c'est de voyager avec un bébé !

— Non, ça...

Le regard de Léa fixe les nuages. Je la prends par les épaules.

— Bon, allez. Si on rentrait dans la maison ?

Les portes et les fenêtres sont grandes ouvertes. Un magnifique bouquet de roses presque violettes embaume la cuisine.

— Qu'est-ce qu'elles sont belles !

— Ce sont celles de Peïo ?

Léa sourit. Elle sort des tasses et sert le café.

— C'est un peu tôt pour le pastis, non ?

Elle choisit une fleur dans le vase.

— Oui, ce sont celles de Peïo. Et vous savez

comment elles s'appellent ? Léa. Comme moi. C'est une nouvelle espèce que Peïo a mise au point avec un copain horticulteur. Il voulait me l'offrir pour notre mariage, mais le type a eu la main verte et...

Elle fait un geste de la main en direction des roses.

— ... elles sont déjà là.

Elle caresse la fleur et se penche pour humer son parfum. Ses longs cheveux tombent sur son visage. Elle les écarte d'un mouvement de tête.

— Elles sont sublimes, non ?

Léa resplendit. Elle aussi, elle est sublime. Elle noue son grand tablier blanc et attache ses cheveux.

— Qu'est-ce que tu nous prépares, aujourd'hui ?

— A midi, je pensais faire un truc léger. Des *pimientos* et du jambon cru. Avec des tranches de pain grillé, du brebis et une salade de fraises. Et un vin blanc frais... On pourrait déjeuner dehors. Il fait beau, maintenant.

Léa a raison. Il fait beau. Le ciel est très bleu, une lumière crue aplatit le relief des montagnes jaunes et les rend moins menaçantes. Les prairies sont vertes, au loin on voit la mer. Une brise tiède porte des parfums d'herbe coupée, de menthe, de rose et de crottin. Il suffit de regarder et de respirer pour que la vie prenne une autre dimension.

Il est cinq heures et nous sommes toujours sous la tonnelle. Je débouche la troisième bouteille de vin. De Saint-Jean-de-Luz, Léa a rapporté des macarons aux amandes pour accompagner les fraises et le café. Alix somnole, allongée dans une chaise longue, son fils lové dans ses bras. Dans leur demi-sommeil, ils ont le même sourire. Léa chantonne. Je croque un macaron et regarde les chevaux. L'instant est magique. Un instant de bonheur pur.

224

— Dis donc...

Léa chuchote dans mon oreille.

— C'est vrai que Zorba veut reconnaître son fils ?

— Zorba ?

— Le Grec ! Tu sais, l'étalon d'Alix !

— Chut !

Je pose un doigt sur ses lèvres et jette un coup d'œil à Alix.

— Elle dort. Avec ce qu'elle a bu... Alors ? C'est vrai ?

— Oui. Et c'est l'horreur. La pauvre, elle est mal barrée.

Le front de Léa ressemble à une portée. Elle est soucieuse.

— Je suis ennuyée... C'est un peu de ma faute, tu te souviens ? C'est moi qui lui ai donné l'idée...

— Arrête ! Elle n'était pas obligée de le faire. Et on ne pouvait pas imaginer que le type allait réapparaître comme ça. C'est de la malchance, c'est tout.

Léa n'est pas convaincue.

— Dis donc... On est sûr qu'il est de lui ?

— Qui ?

— Quentin. Du Grec.

— Evidemment. *Alix* en est sûre. Et elle est bien placée pour le savoir.

Léa détourne les yeux.

— Evidemment...

En rentrant à la maison, je découvre la lettre de l'avocat de Jean-Phil. La gardienne a dû la glisser sous la porte d'entrée pendant le week-end. En gros, il dit qu'il est *heu-*

reux que j'aie pris la *bonne décision*, que dans la mesure où nous sommes tous d'accord il va *activer* le dossier, et que *seul* le montant de la pension reste à discuter. Je fais voler mes chaussures, me verse un Paddy et me plonge jusqu'à pas d'heure dans la lecture du *Livre tibétain de la vie et de la mort.*

La stratégie m'est apparue au milieu de la nuit. C'est la question de Léa qui m'a mis la puce à l'oreille. Il faut demander une recherche ADN. Pour être sûr. D'un point de vue strictement juridique, on part sur de simples suppositions. Rien ne prouve que l'enfant est du Grec, même si nous savons tous les trois – Alix, lui et moi – que c'est le cas. Oui, mais et après ? Les résultats *confirment* la paternité. Qu'est-ce qu'on fait ? On a perdu du temps et on est ramenées au problème précédent. Sauf...

— Alix, c'est Marianne.

J'entends un bruit de chute à l'autre bout du fil. Le téléphone, ou un livre, ou un verre ou tout à la fois. Il y a tellement de monde sur la table de chevet d'Alix...

— Mais t'es complètement folle, ma vieille ! T'as vu l'heure qu'il est ! Je viens à peine de me rendormir après le biberon de Quentin !

— Il ne fait pas encore ses nuits ?

— Il les faisait avant que je ne recommence à bosser. Maintenant, je sais pas ce qu'il a, ça fait trois nuits de suite qu'il me réveille.

— 3615 j'existe...

— Quoi ?

— C'est sa manière à lui de te dire qu'il se sent délaissé. Classique. Mais ne t'inquiète pas, ça va passer. Et puis ça recommencera quand il sera ado.

— Il va me réveiller la nuit ?

— Oui. En rentrant de boîte. Moi, à chaque fois que je faisais le mur, soit j'oubliais mes clefs et j'étais obligée de réveiller mes parents à quatre heures du matin pour qu'ils m'ouvrent, soit je me prenais les pieds dans les poils du tapis et je me cassais la figure en faisant tellement de bruit que tout le monde se levait...

— Oui mais c'est toi... Dis, on peut savoir pourquoi tu appelles ?

Je remonte la couette sur mes épaules. La fenêtre est restée ouverte et il fait un peu frais.

— J'ai trouvé ta défense.

Alix m'accorde toute son attention.

— Tu vas dire que c'était un viol.

— HEIN ? Mais c'est pas crédible ! Il n'a pas pu me violer quinze jours de suite !

Ses revendications sont tellement stridentes que je suis obligée d'écarter le combiné pour ne pas avoir le tympan transpercé.

— Personne ne saura. Ecoute-moi bien, Alix, c'est important. Tu vas dire qu'il s'agit d'un viol, comme ça, on obtiendra tout de suite la décision de justice pour faire le Western Blot... Sinon, il faut attendre une ordonnance du parquet et ça prend six mois...

En cas de viol, la procédure judiciaire qui ordonne le test ADN est nettement simplifiée.

— Qu'est-ce que tu racontes ? T'aurais pas pu attendre demain pour m'agresser avec tes termes barbares ? C'est quoi un Western Bidule, là...

— C'est le protocole de recherche ADN.

— Ça va pas, non ? Je sais très bien que Quentin est

de lui. Je ne vais pas abonder dans son sens en le *prou-vant* ! Tu défends *qui*, là, Marianne ?

Pff... Je n'aurais jamais dû l'appeler en pleine nuit. Ça l'a mise de mauvais poil.

— Alix. En faisant ça, tu retournes la situation contre lui. Si c'est *toi* qui exiges la recherche de paternité, tu prouves ta bonne foi. C'*est* un viol, et si l'enfant s'avère être de lui, il s'en prend plein la gueule et je peux te garantir qu'il va devenir beaucoup plus conciliant. Il laissera tomber le droit de visite et tout le reste. Tout ce qu'il voudra, c'est disparaître le plus vite et le plus discrètement possible.

— T'es vraiment une salope, ma vieille... Et si c'est pas lui ?

Espoir impossible à dose homéopathique ?

— On retirera notre plainte et on fera en sorte que tout s'arrange gentiment. De toute manière, dès qu'on aura les résultats des tests, on pourra expliquer à son avocat qu'on est prêtes à abandonner les charges contre son client si on est sûres de ne plus en entendre parler. Ça devrait se dealer sans problème !

— T'es *vraiment* une salope...

Alix est presque admirative. Même en pleine nuit, ça fait du bien.

— Mais alors, à la limite, c'est pas la peine de faire le Western truc...

— Si. Il faut lui montrer qu'on est décidées à aller jusqu'au bout. Sinon, ça ne marchera jamais. Il ne faut pas oublier que les mecs en face sont *aussi* prêts à tout. Il faut prendre les devants. Maintenant.

— Ouais... Mais on va pas lui faire une prise de sang ?

— A qui ?

— Quentin ? Le pauvre...

— Non, non. Ils prendront un cheveu, un peu de salive... C'est tout. Allez, ne t'inquiète pas. Passe me voir demain au cabinet et on mettra tout ça à plat. Tcho. A demain.

— Salut...

Elle raccroche. Je me lève et prépare du café. Ma nuit est finie. Et je suis prête à parier que celle d'Alix aussi.

En agrafant ma jupe ce matin, je me suis aperçue avec stupeur que j'avais *maigri*. Le bouton n'est plus serré et la taille descend un peu sur les hanches. Et même, quand je marche, la jupe *tourne* ! Je ressors ma vieille balance de son placard pour m'en assurer, enlève tous mes vêtements et expire à fond avant de monter dessus. Bingo ! Elle indique trois kilos de moins. Et pourtant, Dieu sait si d'habitude elle est mal intentionnée, la vache ! J'ai perdu trois kilos. Je mets la musique à fond, sautille toute nue dans la salle de bains en chantonnant, m'observe dans la glace sous toutes les coutures en prenant des poses de top-modèle, et, prise d'un élan d'optimisme, cours essayer mon étalon-jean, celui que je mettais quand j'avais dix-sept ans et que j'étais bien foutue. Je rentre à peine dedans, et pour ce qui est de le fermer, je peux oublier. Quand même ! Ça doit être l'ossature de mon bassin qui s'est élargie. Avec la naissance de Jules... Même Alix, je suis sûre qu'elle ne rentrera plus jamais dans ses jeans. Enfin, j'ai quand même perdu trois kilos, et qui plus est, *sans rien faire* ! Je vais pouvoir m'acheter un petit tailleur rose pour le mariage de Léa.

L'acquisition du petit tailleur rose s'est révélée être une catastrophe pour mes finances, mais un vrai coup de boost au moral. L'opération m'a pris un jour et demi, avec comme résultat :

– Une nouvelle coupe de cheveux (courts) et une nouvelle couleur (auburn).

– Une nouvelle ligne de soins pour le visage et un changement complet de ma trousse de maquillage. J'ai remplacé les roses par des beiges et les orangés par des prunes.

– Un tailleur-pantalon Agnès b. qui m'a coûté une fortune mais dont les femmes qui étaient avec moi dans la cabine d'essayage m'ont dit tellement de bien que j'ai craqué. Je l'ai pris en deux couleurs. Anthracite et beige. Ça fait *deux* tailleurs-pantalons. Ils sont rudement bien coupés.

– Une eau de toilette au pamplemousse et à la feuille de cassis qui met de bonne humeur.

– Un pantalon en lin coquille d'œuf pour Jules avec une chemise autrichienne.

– *Le* petit tailleur rose, complètement déconnant, fuchsia avec des broderies orange, et une grosse broche en forme de croix toute empierrée de cabochons de couleur. Très *Christian*... Il fait un peu arbre de Noël mais, en plein mois de septembre, personne ne s'y trompera. Et puis ce n'est pas tous les jours qu'on est témoin du mariage de sa meilleure amie.

Maintenant, quand je me regarde dans la glace, je me trouve sexy, sûre de moi, et en plus je sens bon. Je suis prête à affronter tous les hommes, les avocats et les blondes de la terre.

— Quand est-ce qu'on aura les résultats ?

— Mais Alix, tu viens juste de faire les tests !

— Tu crois que je les aurai pour le mariage de Léa ?

— Bof. Ça m'étonnerait.

Jules est un peu patraque. Ça m'ennuie de l'emmener au mariage dans cet état, mais Jean-Phil ne peut pas le prendre et il est hors de question que je le laisse à sa copine. Et d'ailleurs il ne l'a pas proposé. Du coup, j'ai dû laisser Alix prendre l'avion et partir en TGV. L'horaire était limite et je suis à la bourre.

En arrivant chez Léa, j'installe Jules directement dans la chambre communiquant avec la mienne. La voisine, une vieille dame charmante, me rejoint avec Quentin dans les bras.

— Laissez-le, je m'en occupe. Ils sont tous partis à l'église. Vous devez les rejoindre là-bas. Il y a un monsieur qui vous attend en bas pour vous emmener.

Elle m'adresse un sourire de Mamie Nova et sort en laissant derrière elle un parfum de gâteau. Je fonce sous la douche, l'avantage des cheveux courts c'est qu'ils sèchent en cinq minutes, applique avec soin mon maquillage nouveau look et enfile mon petit tailleur rose. Je jette un œil au miroir de la coiffeuse. Sans me vanter, je suis une bombe. Je tournoie sur moi-même, souris en faisant la grosse bouche comme les figures siliconées des magazines, dépose un bisou sur la petite main de Jules, qui a fini par s'endormir, et descends l'escalier comme une reine, impatiente de tester mon effet sur le *monsieur* qui attend en bas.

L'homme de dos devant la fenêtre se retourne, rougit brièvement et me lance un regard interrogateur.

— Vous ne mettez jamais de chaussures ?

Je regarde mes pieds. Pédicurés de frais, vernis, et... nus. Effrontément nus. Indécents sinon obscènes par rapport à l'ensemble de ma tenue. Je deviens de la couleur de mon tailleur – d'autant plus que le type ne parvient pas à détacher son regard de mes pieds – et fonce dans la chambre pour attraper une paire d'escarpins. Je cherche dans ma valise. Rien. Je la vide complètement. Rien. Je me mets à quatre pattes et regarde sous le lit. Pas la moindre chaussure pour me tirer de mon embarras. Je ne vois que la vieille paire de Reeboks avec lesquelles j'ai voyagé. Vert pomme. Avec le fuchsia... Non, ce n'est même pas la peine d'y penser. Je redescends avec précaution dans le salon. Les yeux du type se posent à nouveau sur mes pieds, puis se détournent avec pudeur. Il me tend la main.

— Jean-Alain. Je m'appelle Jean-Alain. Je suis... disons... un ami d'enfance de Peïo. Vous êtes Marianne, le témoin de Léa ?

Sa question est en fait plus une affirmation. Il a dû être parfaitement briefé. Il n'est même peut-être pas là par hasard. La seule chose qu'on n'a pas dû lui dire, c'est que je ne portais pas de chaussures.

— Marianne. Enchantée. On est un peu en retard, non ?

— Ne vous en faites pas. Je suis le témoin de Peïo. Ils ne vont pas se marier sans nous, allez. On y va ?

Il me prend par la main. Sa paume moite se presse contre la mienne, et de longs doigts m'effleurent le poignet. Devant la maison, je ne vois pas de voiture. Jean-Alain me regarde en coin, soudain intimidé.

— Euh... Il va falloir que je vous porte. La charrette est dans la grange. Vous pourriez vous faire mal...

La *charrette* ? Il me prend par la taille et me décolle du sol comme si j'étais une plume. J'ai perdu trois kilos, mais quand même. Ah ! Il y a bien le poids des chaussures, mais...

Je me retrouve installée dans un buggy décoré de roses violettes, Jean-Alain à mes côtés. La jument de Léa est attelée devant. Elle bouge les oreilles, aux ordres.

Très délicatement, Jean-Alain prend les rênes et donne le signal du départ. Je le contemple pour la première fois. Il a du être très brun dans sa jeunesse. Ses cheveux un peu longs retenus par un catogan sont maintenant parsemés de fils blancs, de la même couleur que sa barbe de trois jours savamment négligée. Bien qu'un peu affaissé par l'âge, le bas de son visage est encore rond. Ses mains sont grandes et nerveuses, ses gestes assurés. Quant il sourit, deux petites fossettes se dessinent de chaque côté de sa bouche, dans une expression presque enfantine. Avec son pantalon blanc, son panama et son blazer bleu marine, il me fait penser à tous ces vieux beaux qui veulent encore servir. Il y en a plein les golfs, à croire qu'ils y poussent. Ce n'est pas péjoratif. Il en faut des comme ça : ils font des compagnons agréables, le temps d'un week-end... Mutine, je bouge les pieds. Jean-Alain sourit. Juste pour voir, je me noie dans ses fossettes comme si c'étaient des yeux.

— Ah ! Te voilà enfin !

Léa se précipite vers moi et m'embrasse sur les deux joues. Elle me chuchote dans l'oreille.

— Tes cheveux et ton ensemble sont fantastiques mais marche dans l'herbe ! T'as oublié de mettre des chaussures.

— Je sais ! Mais ne t'inquiète pas. Je garderai les jambes croisées sous ma chaise pendant la messe.

Alix arrive derrière Léa et soulève brièvement un coin de son jupon. Juste le temps de me laisser entrevoir la jarretière violette. Léa rabat sa robe en rougissant.

— Arrête ! Que va penser Peïo ?

— Qu'il a bien raison de t'épouser. Tu as les cuisses les plus roses que je connaisse.

Un homme d'une soixantaine d'années, très élégant

en costume de lin crème et panama, s'approche de notre groupe et prend gentiment le coude de Léa.

— Allez, viens. Il t'attend dans l'église !

Léa le regarde avec tendresse.

— Papa, tu te souviens de mes amies Marianne et Alix ?

Il hésite, tend la main, se reprend et décide que l'occasion mérite bien qu'il nous embrasse. Son visage s'éclaire d'un large sourire.

— Les filles, c'est fou ce que vous avez grandi depuis la dernière fois qu'on s'est vus ! C'était...

— Il y a vingt-cinq ans. Pour la communion de Léa. Vous, vous n'avez pas changé.

Il cligne des yeux, intimidé.

— Merci... Bon, Léa, si tu n'y vas pas *maintenant* j'en connais un qui va finir par s'impatienter !

Il lui présente son bras. Elle pose la main dessus, et ils entrent dans l'église au son d'une très jolie marche nuptiale administrée pas l'organiste du village. Lorsqu'il l'amène solennellement à l'autel et que Peïo l'accueille d'un sourire et lui offre une rose, le menton de Léa se met à trembler. Alix éclate en sanglots et je sens mes yeux s'embrumer. Je détourne la tête pour cacher mon visage, et à travers mes larmes, je crois apercevoir la silhouette de Jean-Phil disparaître derrière un pilier. Mais non. J'ai dû rêver. J'essaie de me concentrer sur les paroles du curé, et quand les mariés échangent les anneaux je renifle et Alix se mouche bruyamment. Léa nous fusille d'un regard mouillé comme un pétard, et me fait signe de faire mon boulot de témoin et d'aller signer le registre. Je signe *Marianne Declerc* suivi de trois petites taches d'eau en points de suspension...

Nous sommes accueillis à la sortie de l'église par les tambours et les trompettes de Los Calientes, la banda la plus hot du coin, qui a accepté de quitter ses « landes » pour aller fêter le mariage de Peïo le Pottock. Ils nous escortent en musique jusqu'au fronton, où les tables sont dressées sous une grande tente blanche à rayures vertes. Aux quatre coins, les bodegas sont prises d'assaut et le txakolina et le fino coulent à flots. Tout le village est invité, et on se bouscule devant les mariés pour les féliciter et admirer la robe de Léa. Comme tout se sait, ils leur souhaitent de vivre heureux mais ne mentionnent pas le fait d'avoir beaucoup d'enfants de peur de faire pleurer Léa... et de se faire tamponner par Peïo, dont le tempérament de feu est de notoriété publique.

— Dis donc, Marianne, le grand type en noir, là-bas... C'est pas Jean-Phil ?

Je regarde dans la direction que m'indique Alix et ne vois rien.

— Où ça ?

— Là... Merde, il a disparu !

— Tu as rêvé, ma vieille ! Allez, viens dîner !

Je l'entraîne vers la table des mariés, où Jean-Alain est déjà en train de discuter avec sa voisine. Je sens un semblant de jalousie, et m'arrange pour m'asseoir de telle manière qu'il ait une vue plongeante sur mes pieds. Et ça ne loupe pas. Dès qu'il les aperçoit, il sourit et tourne le dos à la jeune femme, qui n'y comprend rien. J'agite gaiement les orteils et nous parlons de la météo. Au confit pommes sautées, il me tutoie.

— Je peux te piquer un peu de ton eau ?

Il sort une pilule d'une petite boîte en argent.

— Oui... Qu'est-ce que tu prends ?

— Viagra. T'en veux un ?

— Non, moi je suis au Prozac.

Au dessert, Jean-Alain m'invite à danser.

— Mais... on ne peut pas ! Lea et Peïo n'ont pas encore ouvert le bal !

— Tu penses. Regarde-les, là-bas...

Ils tournoient les yeux dans les yeux. Léa a les joues rouges et Peïo la guide fermement à travers la foule. Le père de Léa, assis à côté d'Alix, les contemple d'un air mélancolique, comme s'il se souvenait du jour où lui-même épousait une femme dont Léa est le portrait craché et qui est morte en lui donnant naissance. Alix, qui décidément a fait des progrès, lui tend une main secourable.

— Vous voulez danser ?

Il la regarde, surpris.

— J'aimerais tellement que vous me fassiez danser !

Elle lui décoche son sourire le plus charmeur et il l'entraîne sur la piste, amusé. Je suis distraitement les pas de Jean-Alain, qui se secoue comme un shaker et transpire de la tête. Il semble avoir reporté sur mes fesses l'attention qu'il portait tout à l'heure à mes pieds. Quand ses mains se mettent comme par hasard à me pétrir le postérieur, je me dégage brutalement.

— Hé ! Mais qu'est-ce que tu fais ?

Il me regarde en fronçant le nez.

— Je rentre.

— Tu veux que je te raccompagne ?

Ses yeux s'éclairent d'une lueur d'espoir.

— Non. Je rentre seule. Mon fils n'est pas bien et...

— Tu as un fils ? Il a quel âge ?

— Un an et des brouettes.

— Ah !

Tout d'un coup, il est calmé et n'a plus du tout envie de me raccompagner.

— Bon, ben salut !

— Oui, c'est ça. Salut !

Il me tourne le dos et se dirige vers son ex-voisine de table. Au fond, il n'aura peut-être pas complètement perdu sa soirée.

Alix me rejoint dans la nuit, escortée du père de Léa, qui a retrouvé sa bonne humeur. En arrivant à la maison, nous prenons un dernier verre tous les trois dans la cuisine à peine éclairée. Une veste traîne sur le banc, signe que nous ne sommes pas les seuls invités à être rentrés se coucher. Après deux Paddy, je les abandonne à leur discussion. Ils parlent avion. Je me lève en bâillant. Ça fait longtemps que j'ai décroché.

Jules est dans son lit, un peu fiévreux. Il se tend quand je le prends dans mes bras et pousse un petit cri inhabituel, comme un sanglot. Je l'embrasse furtivement sur la tête et le repose, de peur de le réveiller. Je reste encore quelques minutes dans la chambre, à observer les rais de lumière à travers les volets. On entend au loin les rires et les éclats de voix des derniers fêtards qui rentrent chez eux. C'était un beau mariage.

Je sens une présence derrière moi dans le noir. Un contact dans mon dos. Une chaleur. Une odeur familière. Mes mains tremblent malgré moi. Je n'ose pas me retourner.

— Alors, Cendrillon...

La voix me caresse. Deux grandes mains me prennent par les épaules et me font pivoter doucement. Je ferme les yeux.

— Jean-Phil...

— Chut !

Une bouche trouve la mienne et je lui rends son baiser avec une passion dont je ne me croyais plus capable. Des doigts s'emmêlent dans mes cheveux, la veste puis la jupe de mon tailleur tombent à mes pieds. Un corps que je n'ai pas réussi à oublier malgré mes efforts m'attire contre lui. Un bruissement de peau, un souffle, la rugosité d'un tapis, des poils, la tempête, les éclairs, la pluie... Et très vite la jouissance, comme un soulagement.

Plus tard, lorsque à moitié endormie j'enfouis ma tête dans son cou, je savoure son odeur incomparable d'orange verte et de lait. *And I think to myself, what a wonderful world...*

— Et qu'est-ce que tu as fait pendant tout ce temps ?

— J'ai essayé de te détester. Et toi ?

— Je t'ai attendu... Je t'ai cherché... A plusieurs reprises, j'ai essayé de te contacter...

— Oui. Je sais. Je me suis donné beaucoup de mal pour t'éviter... J'ai trouvé les petits mots que tu mettais dans le sac de Jules. C'était... attendrissant. J'ai failli t'appeler.

Je voudrais lui demander *pourquoi* il ne l'a jamais fait. Mais je me retiens. Pas maintenant. Plus tard, peut-être. Ou jamais. Les mains mêlées dans la poche du Barbour de Jean-Phil, nous déambulons les pieds dans l'eau, le long de la côte des Basques. La marée est en train de baisser, nous laissant une fine bande de sable pour marcher jusqu'aux rochers. Pour rien au monde je ne gâcherais cet instant.

— Tu veux t'asseoir ?

Jean-Phil est déjà en train de déployer sa veste sur une pierre plate, et tend la main pour m'aider à monter. Il passe un bras autour de mon épaule et m'attire contre lui. Sans rien dire, nous regardons la mer.

— Arrête de mater les surfeurs !

Une petite tape sur l'épaule. Un coup de coude. Jean-Phil roule sur moi comme un jeune chiot. Son étreinte est plus ferme que dans mon souvenir.

— Arrête de mater les surfeurs comme ça ! Je suis jaloux.

Je me redresse d'un bond, outrée.

— Oh ! Alors là, c'est l'hôpital qui se fout de la charité ! Et ton « Elizabeth », alors ?

Il part d'un grand éclat de rire.

— Ce n'est pas drôle !

Reprenant son souffle, il arrive à peine à articuler une parole.

— Si...

— ...

J'attends.

— Elizabeth est ma *belle-mère*. La deuxième femme de mon père. Elle est beaucoup plus jeune que lui... Tu as cru...

Et le voilà qui rit de plus belle.

— Elle... Elle est venue me prêter main-forte pour Jules... Elle...

Au bord de la suffocation, des larmes lui sortant des yeux, Jean-Phil fait de gros efforts pour retrouver son sérieux.

— C'est elle qui m'a dit de te retrouver.

Mon portable sonne. Machinalement, je décroche.

— Oui ?

— Tu rentres quand ?

Sylvain. Je jette un coup d'œil à Jean-Phil.

— Certainement pas aujourd'hui. Euh... Je ne serai pas là demain non plus.

— Mais... tu sais que tu plaides une affaire avec moi mardi et que nous devons préparer...

Sans écouter la fin de sa phrase, je me lève et d'un geste magistral lance le téléphone dans la mer. Le plus loin possible. Surpris, Jean-Phil se lève à son tour.

— Mais qu'est-ce que tu fais ?

J'effleure ses lèvres.

— Je nous offre du temps.

Il se penche vers moi et murmure :

— C'était qui ?

Je lui réponds sur le même ton.

— Le bureau...

Et encore plus bas :

— Font chier...

— Tu veux faire un tour à moto ?

— A *moto* ? Tu as une moto maintenant ?

Un monstre chromé, moteur énorme, roues éléphan-tesques. Qui tient comme par magie sur une minuscule béquille.

— Comme tu peux voir. Je suis descendu avec.

— Tu as fait tout le chemin jusqu'ici sur ce truc ?

— C'est aussi rapide que la voiture. Et puis il faisait beau... Si Jules était en forme, on aurait pu l'emmener. Parfois, je le cale devant moi... Il adore !

— Tu... Mais ce n'est pas...

J'ai failli dire *dangereux*. Je me reprends. Laisser. Laisser couler. Vaincre la peur rétrospective, la cacher. Ne pas intervenir, pour une fois. Si Jean-Phil estime que Jules est en sécurité avec lui sur la moto, pourquoi pas. C'est son père, après tout. Le laisser respirer. Le laisser vivre. Ne pas recommencer comme avant. Je me compose un sourire.

— Ah ! C'est bien... Euh... Comment on monte sur ton engin ?

Sans répondre, il m'empoigne le bras et me hisse d'une main derrière lui. Avant d'avoir eu le temps de dire ouf, je me retrouve enfermée dans un casque intégral, visière rabattue.

— Accroche-toi, c'est parti !

Je sens le moteur vrombir, la bête décolle et je serre entre mes bras le torse de Jean-Phil. J'ai l'impression de découvrir un autre homme.

Plus tard, devant une *manzana* glacée. Question brûlante.

— Tu as fini ta pièce ?

Le doigt de Jean-Phil dessine des ronds dans mon dos.

— Oui...

— Et alors ?

— Tu verras bien... Tiens, je t'ai apporté ça.

Il me tend un livre avec un gros bonhomme jovial sur la couverture.

— Qu'est-ce que c'est ?

— Les Mémoires de Neil Simon. Il raconte comment, au théâtre, on peut toujours réécrire le dernier acte...

— Au théâtre, hein... Et... dans la vie ?

Jean-Phil devient songeur.

— Dans la vie, il n'y a pas de dernier acte... Le rideau tombe d'un coup !

— Le bébé n'est pas de lui !

— Hein ? Qu'est-ce que tu racontes ?

C'est samedi. Il est cinq heures de l'après-midi. Je suis dans le salon à regarder *Le Livre de la jungle* avec Jean-Phil et Jules. Le thé refroidit dans la théière et des miettes de brioche jonchent la table basse. Alix parle tellement fort qu'elle va faire exploser le téléphone.

— QUENTIN ! IL N'EST PAS DU GREC !

Je tiens l'écouteur à un mètre de mon oreille en attendant qu'elle ait fini. Quand je n'entends plus rien, je le rapproche prudemment.

— JE VIENS DE RECEVOIR LES RESULTATS...

Ouh là ! Prise par surprise, je recule et fais tomber le téléphone. Jean-Phil me regarde, narquois.

— Tu es toujours aussi adroite !

— Comment ?

— Rien ! C'est Jean-Phil qui se fout de moi !

— Il est CHEZ TOI ?

— Arrête de hurler comme ça. Je t'expliquerai. Dis donc, c'est *génial* pour les résultats. Tu réalises que tu es définitivement débarrassée du Grec ? Lundi, j'appelle son avocat et...

— OUI MAIS ALORS IL EST DE QUI ?

— OH ! TU NE POURRAIS PAS ARRETER DE BRAILLER A LA FIN ? MERDE !

Alix ne répond pas. Je me demande si elle est toujours au bout du fil.

— Alix... Tu es toujours là ?

— Ouais. Alors, à ton avis...

— Quoi ?

— Quentin. Qui est le père ?

— Tu es quand même la mieux placée pour le savoir... Tu as vu *qui*, avant le Grec ?

— Euh...

Mentalement, elle doit être en train de consulter les pages de son agenda.

— Probablement Alfred...

Alfred. Encore une chance ! Si ça avait été Lorvet. Ou...

— Tu as de la veine, ma vieille ! Ç'aurait pu être le Zoulou !

— Le Zoulou ?

Blanc. Soudain, elle se met à rire.

— T'es conne, Marianne ! Tu peux pas me lâcher la grappe trois secondes avec ce putain de zoulou ?

Silence. Alix semble enfin digérer la nouvelle.

— Dis donc, Marianne... Tu crois vraiment que ça peut être *lui ?* Alfred... Ça alors... MAIS C'EST GENIAL !

Nouvel assaut de décibels.

— Qu'est-ce que tu vas faire ?

— Je le vois la semaine prochaine. Je vais lui dire ! C'est génial, ma vieille ! Alfred ! Ça alors ! Tu verras c'est un type formidable !

— Mais... je croyais que tu ne voulais pas de mec. Et puis il est toujours marié, non ?

— Séparé. Et le mariage, tu sais... J'ai une copine avocate qui défait ça très bien !

Alix pète les plombs. J'ai déjà du mal à l'imaginer avec un homme à plein temps, mais de là à hériter d'une famille complète. Avec une petite fille d'un an qui porte son prénom, en plus !

— Dis donc, Alix, tu n'es pas, amoureuse, par hasard ?

— Moi ? Non mais ça va pas ma vieille ? Je ne tombe *jamais* amoureuse...

— Bien sûr ! N'empêche que ça fait dix minutes que tu me plombes les oreilles avec ton Alfred. Si ce n'est pas de l'amour, ça...

Le doigt en l'air, Jean-Phil intervient d'un air docte.

— C'*est* de l'amour !

— Qu'est-ce qu'il dit ?

— Jean-Phil ? Il dit que tu es amoureuse et que ça s'entend à l'autre bout de l'appartement. Félicitations, ma vieille. Bienvenue au club des petits êtres fragiles qui n'ont pas une boîte noire à la place du cœur ! Je suis contente pour toi. Tiens, et même, je raccroche et j'appelle Léa.

— Et moi j'appelle Alfred. Au fond, tu as peut-être raison. Il est possible que je... que je... putain, c'est toujours aussi difficile à dire ?

— Quoi ?

— Que je l'aime, voilà !

Alix tousse, gênée.

— Entraîne-toi dix fois par jour devant ta glace. Comme ça, quand tu devras le lui dire en face, ça sortira plus facilement.

— Je pourrai toujours éteindre la lumière...

— C'est ça. Allez, tcho, ma vieille. J'appelle Léa. Pense à Alfred et fais de beaux rêves.

Je raccroche. J'imagine Alix en train de danser dans

son salon et de dessiner des petits cœurs partout. Jamais je ne l'ai entendue aussi euphorique. Avant que j'aie eu le temps de composer le numéro de Léa, Jean-Phil me prend la main et me lèche dans le cou, mutin.

— Mais... Et Léa ?

Il fait non de la tête, et m'attire vers lui. Je pose la tête sur son épaule et je ferme les yeux.

De : L§P@cotesud-ouest.com
A : marianne@microcosme.fr
J'ai un scoop ! Alfred est le père de Quentin et Alix est amoureuse d'Alfred !

De : marianne@microcosme.fr
A : L§P@cotesud-ouest.com
Je sais. Elle t'a *dit* qu'elle était amoureuse ?

De : L§P@cotesud-ouest.com
A : marianne@microcosme.fr
Oui. Enfin... J'ai quand même mis une heure à lui arracher le morceau.

De : marianne@microcosme.fr
A : L§P@cotesud-ouest.com
Bravo ma vieille. Et au fait, merci d'avoir invité Jean-Phil à ton mariage. J'imagine que ce n'était pas tout à fait par hasard...

De : L§P@cotesud-ouest.com
A : marianne@microcosme.fr
My pleasure...

L'Horloge bio

Léa vient de publier son premier roman, *L'Horloge bio*. Je la soupçonne de s'être légèrement inspirée de notre histoire. Il paraît que Steven veut lui acheter les droits. Elle a dit d'accord, à condition qu'il garde le titre. Pour elle, c'est important.

Tu as vu le couple, là-bas ?

En mission forcée dans le microcosme pour la promo de son livre, Léa choisit deux laitues bio avec circonspection. D'accord, elles ne sont pas aussi belles que dans sa jungle, mais à Paris on est déjà bien contentes de les avoir. Je me tourne dans la direction qu'elle m'indique. A côté des caisses, une grande bringue fait la queue pour peser ses légumes. De dos, on dirait Alix. Un homme, roux, assez élégant dans le genre Nouveau Monde, l'aide à remettre les sacs dans son caddie. En la couvant des yeux. Ce qui n'est pas nouveau. Avec plus de tendresse que de concupiscence. Eminemment rare. J'interroge Léa du regard.

— Alfred ?

Elle acquiesce.

— Mais tu le connaissais ?

Une pointe de jalousie, que je réprime aussitôt. Alix n'a pas pu présenter Alfred à Léa sans me le dire. Et quand bien même...

— Non. Pas plus que toi. J'ai vu des photos, c'est tout. Mais tu me connais, j'ai l'œil. Dix ans dans les studios, ça laisse des traces.

L'œil, pas tant que ça. Elle n'a pas vu la poussette *double* devant eux.

— Et... la poussette ?

A ce moment-là, Alix nous aperçoit et se met à agiter les bras.

— Alors, Marianne, on fait les courses ?

Elle parle tellement fort que deux types qui ne l'avaient pas remarquée jusqu'à présent ont maintenant les yeux scotchés à sa silhouette. Il faut dire qu'elle est resplendissante, la vache. Le bonheur l'a rendue encore plus belle.

— Il faut bien que je participe un peu aux tâches ménagères. Jean-Phil est assez occupé en ce moment avec les répétitions.

Elle me toise bizarrement en choisissant un pack de douze yaourts aux fruits.

— Et toi, tu as une famille nombreuse ?

L'homme, la poussette où Quentin gazouille avec une toute petite fille... Les yaourts... Alix sourit et prend la main de son compagnon.

— Voilà Alfred. Il est venu s'installer à la maison. En attendant d'ouvrir une galerie à Paris, il expose dans l'appartement. Des chaussettes, principalement. Et des tubes de dentifrice sans bouchon. Je n'ai pas l'habitude...

Elle sourit encore.

— *Alfred, this is Marianne. You know... And this is Léa.*

Il nous tend la main timidement. Comme j'ai l'impression de le connaître depuis toujours, je le serre dans mes bras et l'embrasse. Imitée par Léa. Il rit et nous traite de *frenchies*.

— *Ah ! And here's Alix.*

Nous nous regardons sans comprendre. Pourquoi nous présente-t-il Alix ? Nous la connaissons depuis bien plus longtemps que lui.

— *Little* Alix.

Comme si elle savait qu'on parlait d'elle, la toute petite fille tourne vers nous de grands yeux verts. Elle ressemble à Quentin. Mon amie la prend dans ses bras.

— Il vous a bien eues, hein ? Voilà la petite Alix... Elle est un peu plus jeune que Jules. Mais toute fine, on dirait une plume. Une petite plume adorable... Ses frères sont restés dans leur boarding school à New York, et *elle* va vivre avec nous.

Je connais Alix. Je sens une angoisse profonde dans cette dernière phrase. Avec l'homme, le père de son fils, elle a hérité d'une fille. Et, malgré la joie évidente d'avoir enfin une famille, je vois bien qu'elle a peur de ne pas savoir comment s'y prendre. Comment être impartiale ? Comment être juste ? Comment donner autant d'amour à deux enfants dont l'un n'est pas le sien ? Je lui glisse à l'oreille.

— Elève-les *ensemble*. Les enfants. Considère qu'ils forment *un tout*.

Surprise, elle hoche la tête. Peut-être... Je devine ce qu'elle pense. Elle ne veut pas non plus défavoriser Quentin. Brimer son propre fils en en faisant trop avec la petite Alix. Simplement pour plaire à l'homme qu'elle aime.

— Et... tu arrives encore à bosser ?

La voix de Léa la ramène sur terre.

— Oui. Enfin... Je vais essayer pendant quelque temps de lever le pied.

Elle m'inquiète, là. Techniquement, je ne me rends pas compte de ce que ça peut donner pour un pilote de *lever le pied,* mais je n'aimerais pas être à la place de ses passagers. Quentin se met à pleurnicher.

— Bon, les filles, c'est l'heure de sa bouffe. On vous laisse. On se retrouve plus tard, OK ?

— OK. Allez, tcho !

— Tcho !

— Yeah ! Tshooow...

Alfred. Le voilà qui s'y met, lui aussi. Je suppose qu'il va falloir s'y faire.

— Marianne, acceptez-vous de prendre pour époux Jean-Philippe ici présent ?

— Oui.

— Jean-Philippe, acceptez-vous de prendre pour épouse Marianne ici présente ?

— Oui.

— Je vous déclare unis par les liens du mariage.

Jean-Phil m'embrasse et me passe l'alliance que lui tend Alix. Il fait tourner l'anneau d'or autour de mon doigt *et il tire, il tire et mon doigt disparaît, il tire encore, encore et je n'ai plus de main et mon bras et il tire et il tire et plus il tire sur le fil plus il s'éloigne de moi et plus je me déroule et me détricote jusqu'au moment où je n'existe plus...*

— Marianne, ça va ?

— Oui.

Je souris à Jean-Phil. Il m'ébouriffe les cheveux. Je tourne mon alliance en or et regarde mon doigt. Juste pour vérifier que je suis toujours là.

J'ai donné rendez-vous à Léa dans le foyer du théâtre du Gymnase. Jean-Phil est en coulisse, mort de peur à dix minutes du lever de rideau de la générale de sa pièce *Un diamant dans la boîte*. Assise en face de moi, Alix sirote un verre de vin blanc.

— Quand même, quand je repense à ce que tu t'apprêtais à faire au Grec... Tu serais vraiment allée jusqu'au bout, Marianne ?

Je croque un bâtonnet de carotte.

— Je l'aurais fait pour toi. Mais je reconnais que ça aurait été vraiment immonde. D'ailleurs... c'est pour cette raison que j'ai changé de spécialité.

— Tu as changé de spécialité ?

Alix est tellement surprise qu'elle renverse son vin sur la table. Le serveur, qui n'a pas cessé de la regarder depuis que nous sommes entrées, se précipite pour essuyer et lui remplacer sa boisson avec les compliments de la maison.

— Oui. Je ne pouvais plus supporter de taper systématiquement sur la gueule des mecs pour leur extorquer des fonds et les empêcher de voir leurs gamins. Ces pauvres hommes, après tout ce qu'on leur a fait subir ces dernières années, ils méritent un peu de compassion. Du coup, j'ai décidé de me consacrer au droit des successions.

— Remarque, ça doit être sportif.

— Oui. Mais les enfants sont plus grands.

Je bois une gorgée. Alix lève les sourcils.

— Tu as tout recommencé à zéro, alors ?

— Pas complètement... Sylvain a été compréhensif, il m'a très vite lâchée sur des dossiers intéressants.

— Mais... et ton partnership ?

— Ça... On verra plus tard. Pour l'instant, j'ai besoin de temps. Avec Jules et Jean-Phil... Je ne peux pas continuer à rentrer à pas d'heure avec des dossiers sous le bras. On ne peut pas tout faire, dans la vie. En tout cas pas en même temps. Il y des moments où il faut choisir ses priorités...

Alix baisse les yeux.

— Ouais... Je sais... Je me souviendrai toujours de ce que disait Mélie quand mes parents s'engueulaient et que ma mère allait pleurer dans ses robes. Elle lui disait : Ce n'est pas *lui* qu'il faut blâmer, c'est sa *mère*. Ce sont les femmes qui font les hommes, les mères qui font les fils... Tu te rends compte, aujourd'hui, les mères, c'est *nous* ! Bonjour la mission !

— On n'est pas obligées de leur apprendre à coudre et à faire la vaisselle !

— Non, mais rien que les bases, ça va nous prendre au moins jusqu'à la ménopause !

Toujours ce sens de l'exagération.

— Pas grave ! Après vous ferez de la politique ! Salut, les filles !

Léa se laisse tomber sur une chaise à côté de moi.

— Peïo n'a pas pu venir ?

— Il se gare. Il a plus l'habitude de conduire des chevaux que des voitures. Alors les créneaux... Ah ! le voilà !

Je distribue les places avant de rejoindre Jean-Phil au dernier rang. Pour *prendre la température de la salle*, comme il dit.

— Bon. On se retrouve à la sortie ? Alfred nous rejoindra pour dîner...

— Oui. Allez, tcho !

— Tcho. A tout à l'heure. Amusez-vous bien.

Un petit signe de la main, et Léa, suivie de Peïo, disparaît entre les fauteuils.

*Ce volume a été composé
par Nord Compo
et achevé d'imprimer en janvier 2002
par **Bussière Camedan Imprimeries**
à Saint-Amand-Montrond (Cher)
pour le compte des éditions Lattès*

N° d'édition : 18684. — N° d'impression : 020485/4.
Dépôt légal : février 2002.

Imprimé en France